Historias tremendas

Pedro Cabiya

Escritor, poeta y guionista. Nace el 2 de noviembre de 1971. Irrumpe en el mundo literario con el libro de cuentos *Historias tremendas* (Isla Negra 1999), galardonado Mejor Libro del Año por Pen Club International. En años subsiguientes publica *Historias atroces* (Isla Negra 2003), y las novelas *Trance* (Norma 2007) y *La cabeza* (Isla Negra 2005); todas han adquirido status de culto. Ha participado en numerosas antologías internacionales. Se ha destacado también por su cultivo de la novela gráfica con títulos duros como *Ánima Sola, Juanita Morel, Obelenkó* y *Justin Time*. Fundador y editor en jefe de la revista de cine y literatura *Bakáa*. Ha vivido en España, Estado Unidos, Haití y Puerto Rico. Actualmente reside en Santo Domingo; en esa ciudad dirige el Centro de Lenguas y Culturas Modernas de la Universidad Iberoamericana y la productora *Heart of Gold Films*.

También de
Pedro Cabiya

Trance
Malas hierbas
Historias atroces
La cabeza y otros relatos

Novela gráfica
Las extrañas y terribles
aventuras del Ánima Sola

Infantil
Saga de Sandulce

Historias tremendas

Pedro Cabiya

Zemí Book (Crown Octavo)
NEW YORK - BARCELONA 2011

Zemi Book (Crown Octavo)
New York - Barcelona 2011

Pedro Cabiya

Historias tremendas

Otros títulos de Pedro Cabiya:
Trance
Malas hierbas
Historias atroces
La cabeza y otros relatos
Saga de Sandulce
Las extrañas y terribles aventuras del Ánima Sola

Próximamente:
Juanita Morel

Todos los derechos reservados. Esta publicación no puede ser reproducida, ni en todo ni en parte, ni registrada en, o transmitida por, un sistema de recuperación de información, en ninguna forma ni por ningún medio, sea mecánico, fotoquímico, electrónico, magnético, electroóptico, por fotocopia, o cualquier otro, sin el permiso previo por escrito de la editorial.

Título: *Historias tremendas*
© 1999, 2005, 2011, Pedro Cabiya

www.pedrocabiya.com

ISBN: 978-14662-38-21-3
Impreso en Estados Unidos
Ilustración de cubierta: Monvel, *La primera lección del aquelarre.*
Diseño de cubierta: Bartolomeo Kul-lo
Paratexto de contraportada: Néstor Rodríguez, Ph.D.

A mis padres, que me dieron
permiso para casi todo.
A Madame Scheker, por avisarme
que tenía los cabetes sueltos.
A Marcelo, por bienoliente y
tener las manos grandes.

Este rutilante adefesio metálico hará temblar a nuestros enemigos. Los hará recular de horror. Su futuro no les compacerá. Macabro será su destino.

El Barón Ashler

*A los príncipes y reyes
que solía visitar,
les soltaba la palabra
y me invitaban a cenar.*

Mary Poppins

Contenido

15 *Historia de un prólogo, o empiezan las aventuras*

21 *Historia de Emma de Montcaris*

35 *Historia del hombre que huyó a buscar la fortuna*

39 *Historia de una romería, de las cantimploras secas y de la colina demasiado empinada*

41 *Historia de peces*

53 *Historia del matrimonio amenazado*

57 *Historia cursi del talco insecticida*

71 *Historia del guerrero que vino de otro lugar*

75 *Historia de un hombre nacido bajo el influjo de una mala estrella, o vida de un desgraciado, o penosa tragicomedia en ocho acápites*

85 *Historia de un diálogo inútil*

87 *Historia que ilustra la manera o vía por la cual Alfonso Fraile está presente en el mundo a razón*

de cortas temporadas y no siempre, según
teníamos entendido algunos que era el caso

93 *Historia de otro diálogo inútil*

117 *Historia de un breve reinado*

121 *Historia cómica de dos que se enamoraron a*
primera vista, o slapstick filosófico que discute los
pormenores de la extraña relación entre dos
personas que hacían el amor sin darse cuenta

137 *Historia del amor II*

139 *Historia de tu madre*

151 *Historia de una visitación*

163 *Historia de tu padre*

167 *Historia esquemática y breve de la asombrosa*
vida que sobrellevan la abuela, la tía
y dos primas de un amigo mío

183 *Historia boba de una reducción tremenda*

185 *Historia verosímil de la noche tropical*

207 *Póstuma advertencia al lector a modo de epílogo*

Historia de un prólogo, o Empiezan las aventuras

Tan entreverados y misteriosos me parecen y de tal modo se me confunden, mezclan y salcochan en el entendimiento los géneros literarios, que optaré por referirme a los objetos imaginarios agrupados en este volumen con el título neutro o genérico de "composiciones". Errores de cualquier índole, inconsistencias y hasta dislates crasos, achacarémoselos a las incompetencias del copista, o a la infinita estupidez de los lectores, lo cual viene a ser lo mismo. Mi propósito no fue nunca pergeñar razonamientos muy difíciles, abstrusos o accidentados; antes fue confeccionar pasajes de amena lectura y peregrina, nueva y suave invención, tan claros, transparentes y dóciles que podrían ser penetrados no digo ya por un niño, sino incluso, con mayor desenvoltura y ánimo, por algún animal doméstico, como es el asno o el pollo. Lo cual no deja de representar ciertas ventajas para los lectores de esta época. Puedo verlos ya, optimistas, lista, bruñida y advertida la inteligencia para dilucidar lo que no está ni estuvo encubierto, para encontrar y dar con lo que sencillamente no existe y para atrapar, enjaular y aderezar lo que no hay, y mucho menos escondido.

No quiero hacer un prólogo largo, pero si me sale corto será pura suerte y no voluntad. También quiero que sea práctico, como una guía de teléfonos, como un diccionario, como un catálogo, pero eso ya es mucho pedir. Total, nadie lee los prólogos; un prólogo es la sección que estando en el libro, no está. Como un animal camuflado a la puerta de la gruta está el prólogo acechando su presa en las primeras páginas del libro. Instintivamente los lectores eligen pasarlo por alto con el pudor que produce la presencia de una carta ajena abierta sobre la mesa. El prólogo se convierte en la oportunidad que les da el escritor a los lectores para que ejerciten la mano en la tarea de pasar las páginas. Conque mejor no escribo ni largo ni corto, sino cualquier cosa, todo sea por importunar y estimular el repudio entre los lectores que se dejan guiar por la mala fe y anhelan destruirme. De tal modo, quien elija no malgastar su tiempo leyendo estos preliminares hace bien, puesto que si en ellas espera hallar consideraciones útiles que le alumbren los múltiples senderos del entendimiento, sueña.

Este prólogo no sirve para nada, salvo para que su colocación indique el empiece de un cuerpo narrativo formado por una plétora de aventuras descabelladas, persecuciones inconcebibles, personajes misteriosos, héroes consternantes, anécdotas macabras, bufonadas que no lo son en el fondo, pesadillas que parece que terminan cuando en realidad comienzan, voces ignotas, fuerzas terribles, amores ridículos y fábulas sin moraleja o con una moraleja inmoral, esto es, una inmoraleja. Acaso también pueda aprovechar este pseudoprólogo para plasmar que escribir este libro me costó muchísimo esfuerzo, y no porque sus temas hayan sido rebuscados; el lenguaje narrativo untuoso o críptico; las tramas y argumentos de áspera accesibilidad y difícil cogitación; sino porque yo soy medio tarado. Para más remate, en el curso de imaginarlo, inventarlo, componerlo, revisarlo y perfeccionarlo, padecí serios quebrantos de salud. *Historia de peces* me contagió la malaria, por ejemplo. No bien terminé *Historia de una visitación* desfallecí consumido por la uncinariasis y en la undécima página de *Historia de otro diálogo inútil* me fulminó un violento ataque de ecopraxia. Y así por el estilo. En otras palabras, las composiciones incluidas en este volumen están relacionadas con dolencias particulares que les sirven de insignia, de zodíaco, de escudo de armas, de *primer*. Por eso a los indagadores siempre respondo que este libro no *es* malo, aunque no cabe la menor duda de que *está* irremediablemente mal.

Si las composiciones de esta colección resultan poco entretenidas *in their own right,* a lo mejor pueda encontrárseles algún interés en el hecho de que son artefactos producidos por un individuo diagnosticado con *obssesive compulsive disorder, short attention span syndrome* y caracterizado como *anal retentive.* Y aunque mi doctor añade *hiponcondríaco* y *paranoide,* ahí sí que no, porque no me invento yo estas taquicardias y además tengo pruebas incontrovertibles de que soy el objetivo de terroríficas conspiraciones. Ojalá las cosas nunca lleguen a tal punto que hagan decir a mi terapeuta: "No sé cómo no vi las señales". Este libro es una posible señal de que algo no anda bien, o bien de que algo no andará muy bien bien pronto. Alábalo que él vive.

Cuidando no romper mi promesa de frangollar un prólogo absolutamente inservible, me veo obligado (por mi editor) a decir dos o tres cositas generales referentes al libro que no vayan en detrimento de mi pose de desdeñosa genialidad. Lamento reconocer que yo soy el peor lector de las historias que invento, y no falta quien me anime a no detenerme ahí, persuadiéndome de que además soy el peor exponente de las mismas. Así, ellas son bazofia porque las escribo yo, pero serían mejores si las escribiera otro. Lo cual no es del todo falso, porque a menudo acontece que finiquito una historia creyendo que en ella pasa esto y lo otro hasta que un amigo o amiga la lee y me convence de que en realidad lo que ocurre es esta cosa y la otra. Ilustraré este fenómeno aludiendo a *Historia de un hombre nacido bajo el influjo de una mala estrella,* en la cual yo quería que sucediera (y creía que en efecto sucedía) exactamente lo que dice el texto que sucede. Pero entonces un pariente mío leyó la historia y la comentamos. Me hizo algunas preguntas y yo se las respondí. Él me regañó y me dijo que mi interpretación del "cuento" no era profunda y que estaba cometiendo el grave pecado de entender la trama *literalmente*. Me explicó que el asunto era harto más complicado y me hizo ver que la supuesta "identidad secreta" del protagonista no pasa de ser una fantasía demencial creada por la psicosis del personaje con el objeto de cancelar su inescapable realidad de patético *loser*. Yo no pude rebatir sus argumentos, pero en el fondo sabía que no había mucha diferencia entre las dos lecturas. En ambas lo monstruoso persiste. En ambas el personaje ha de ser temido.

Este libro se llama *Historias tremendas que fabrica la liebre perspicaz para burlar a la voraz hiena,* pero estuvo a punto de llamarse *Libro leporino*. Otros títulos descartados fueron *Guía del viajero clorofílico, Libro de historias, Floresta de historias, Historial, Manual del zahorí hospitalizado, Papeles de Alfonso Fraile,* etcétera... Acaso haya dispendiado más tiempo del conveniente reescribiendo y compilando este rompecabezas; diez años han circulado entre la narración más antigua *(Historia de tu madre)* y la más reciente *(Historia verosímil de la noche tropical).* En el ínterin, mis promotores han esparcido primicias en revistas y periódicos de varios países, he participado en antologías glamorosas y algunos de mis textos han sido traducidos a idiomas que no los resisten, y todo ello tan subrepticiamente y aprovechando tan mal las canongías de la fama, que no han faltado desafectos que propalen la especie de que yo, lejos de ser una persona de carne y hueso, soy un ente fantástico engendrado por el *wishful thinking* de los críticos literarios locales.

A este libro le seguirá en corto tiempo un segundo volumen intitulado *Historias atroces que frangolla la voraz hiena para comerse a la liebre perspicaz,* en donde se verá que las historias del presente libro no son tan independientes como parecen, sino que las vincula una trama común. Reaparecerán personajes, lo que parecía simple se complicará y será esclarecido lo que parecía intrincado o verdaderamente oscuro; también se dirá por fin quién rayos es Alfonso Fraile y la palestra narrativa será dominada por *characters* femeninos que contrapesarán la mayoría protagónica de los personajes masculinos en este tomo, completando así la figura de una simétrica, enigmática y horripilante epopeya. No adelanto más. Buena suerte con éste. En fin.

Santurce, Gonaïves, Dar Es Salaam,
Bombay, Kathmandu, Trujillo Alto
Abril-Junio 1999

Historia de Emma de Montcaris

Alfredo llega a la casa la mañana del sábado, justo cuando Emma comienza a desvestirse frente al semblante victorioso y algo macerado de Roger. Hombre y mujer han creído oír una respiración trabajosa, como un fuelle de barquín, cuando lo abate el herrero. Malician que ese rumor, en la pequeña aldea de Montcaris, inaugurará una feroz contienda. Hay en la habitación una ventana con antepecho; a ella corren, persuadidos de la amenaza. Afuera se ensancha la tierra, erizada de sauces; en los estrechos márgenes de un puente se debate un rebaño; a lo largo de un vado las casas muestran fogosos jardines; bajo los pies de un gigante se dilata una viña. Alfredo ha cruzado la frontera y los helados picos del lado del Crocce Rossa guiado por los retazos de un perfume inabarcable; nada ha olido que tampoco haya oído, o sentido bajo los pies, o visto con colores en el aire, porque los vestigios que siguió no fueron otra cosa que blandas seguridades que se depositaron como polvo encima de los objetos y que él distinguió con facilidad, avanzando sobre ellos como se avanza por una carretera rotulada. Su rostro es el rostro de los que han conocido azarosos trechos. Las botas de alpinista sobre las que se yergue lo confirman: oscurecidas por una fina cubierta de liquen, sucias de cerezo silvestre y entretejidas por una brillante red de diminutos arneses, filos y armellas metálicas que rebullen como animadas por la luz del sol. Lleva puestos unos anacrónicos calzones de galopante apenino, cuyas botamangas, ceñidas a la parte superior del calzado, abultadas y enlodadas, le dan un aspecto de soldado rural. Un desmedrado barragán a duras penas alcanza a cubrirlo; sobre la cabeza, un menudo sombrero de fieltro negro aún escurre las tibias aguas del chubasco que lo sorprendió en el camino de Chazzelles a eso de las dos. Roger se ilusiona con la idea de que el recién llegado es un simple romero hambriento que se detiene a pedir caridad antes de proseguir su peregrinación hacia Lourdes, o un limosnero de iglesia que busca enrolarse como jornalero en la feria de Saint Cére. Pero si es vigente en aquella visión el desarrapado que viene de lejos, es no menos reconocible la resolución y la certeza de aquél que, tras muchas penurias, ha llegado a su des-

Historias tremendas {23}

tino. Emma, insensible al rizoso empaque muscular definido por el calado atuendo, pero aguda en' la percepción rasgos distintivos, conjetura que el extravagante monstruo procede de algún pueblucho de la provincia de Cagli, alegando que sus facciones, postura y reciedumbre corresponden al sabino que aún habita las alquerías de la cordillera septentrional italiana. Informa a Roger que si se ha de tomar en cuenta el reducido radio que sus invisibles encantos rinden vulnerable, la visita del arduo peregrino resulta un admirable fenómeno, y, obligada por una oculta razón, abunda en lo oportuno de la retirada, no olvidando recalcar que, de otro modo, estimará como es debido la perseverancia y la astucia como aspectos destacados en una estirpe proficiente.

A diferencia de muchos, la primera tentativa de Alfredo es drástica. Consiste en alcanzar el correaje de una de sus botas, desatar el grampón para hielo y lanzarlo contra los batientes que sirven de barbera protectora a los espías. El pedazo metálico da en el peinazo superior, lo destroza. Los débiles visillos ceden ante la vigorosa embestida rumiando el consiguiente estruendo de vidrio hecho añicos, y una vez dentro, la oxidada herramienta desgarra limpiamente los encajes bordados, pasa zumbando cerca de las tibias narices de Emma y dilacera con sus púas numerosas el pecho desnudo de Roger. Con apenas tiempo para frotar la mano contra la herida que sangra con lentitud, Roger baja veloz al primer plano de la estancia y se arrima fuertemente a la entrada principal mientras corre desesperado todos los pestillos visibles. Un leve rumor, una vibración momentánea que casi desencaja de los cimientos el adornado dintel, le indica que Alfredo se enfrenta a la cruda realidad de una puerta cerrada y se felicita por la rapidez con que ha llevado a cabo su proyecto. Acto seguido emprende una laboriosa reorganización de la comodidad familiar, amontonando los muebles contra la entrada requerida, diseñando un armazón de cachivaches franceses que sea capaz de detener la brigola romana que aguarda allá entre las vides. Repetida esta operación en la puerta trasera, Roger procede a taponar con jiras desprendidas de tapices y cortinas sin mención los delicados resquicios entre dinteles y cerraduras, y las coyunturas de las bisagras, con el propósito de obturar cualquier tentativa de disolución mecánica por medio de la ingeniosas proezas del caco italiano que muy bien podía dominar Alfredo. Terminada esta sistemática ejecución defensiva, digna del más diestro calafatero, sube a las habitaciones donde Emma espera semidesnuda.

Alfredo se convence de la efectividad de la barricada (vista desde ciertos ángulos parece una escultura inextricable), y al comenzar a rodear el edificio para intentar irrumpir por la puerta trasera ve cómo Roger, en el piso alto, utiliza las sederías íntimas de Emma a modo de cubrejunta, presionándolas entre los finos espacios de las ventanas, repitiendo su actitud ante las puertas por falta de lastre con qué barricar los frágiles rectángulos.

Para Alfredo, Emma al pie de la cama, completamente desnuda, contemplando las precauciones de Roger con la impavidez inquisitiva de un ingeniero, significa olvidar por completo la puerta trasera, que de todos modos es impenetrable, y comenzar a buscar la manera de llegarse a los aleros inferiores del piso alto para deslizarse directamente dentro del dormitorio. Su primer intento, escalar la irregular mampostería, resulta fallido, y maldice en dialecto umbro la ausencia del grampón izquierdo; en algún rincón de las habitaciones de Emma ha de yacer, impregnado de la sangre y el pellejo de Roger. Se arranca el grampón restante, que insiste en importunarle los pasos, vuelve la vista sobre las habitaciones y comprueba con alegría que el cuadro sigue inmutable: Roger asegurando ventanales, desprovistos ya de cortinas, y Emma sentada, evaluando. No obstante, la cercanía de las dos unidades le desfigura la paciencia; razona que si pierde un minuto más, Roger consumará un intercambio por el que está dispuesto a malbaratar la aldea entera y que ningún finche diligente habrá de arrebatarle con suspicacias de birlibirloque. Enardecido por el robo de una paz que Emma le ha garantizado a distancia, decide escalar el muro izquierdo, en donde hay adosado un enramado de parra que trepa hasta una de las ventanas de la habitación, que, aunque asegurada por Roger, Alfredo podrá desquiciar sin mayor esfuerzo. En el camino tropieza con el cadáver de Orlando y da con las narices por tierra. Orlando precede a

Roger. Fama de perpetrador y de zafio y una casa junto a un arroyo le merecieron la reverencia de los arrabales fluviales; en la aldea de Montcaris, el mote de *pêcheur pêcheur*. De alguna manera eludió el encierro; con la vida ha saldado esa indiscreción. Presenta una sola herida, adornándole la cabeza que mana un licor opalino de la fontanela anterolateral, reabierta seguramente con el fragmento de cañería que aún conserva empalmado en el hueso. Muerto, sin duda, a manos de Roger, Alfredo cree prudente vigilar su ascenso en el enramado, porque no había que indagar mucho en el asunto para deducir que Orlando también había escalado la parra, y descendido más aprisa de lo conveniente, recibido por Roger con un certero garrotazo en la testuz. Ejerce sobre los campos un arrogante sol de alta mañana que incomoda con envidiable elocuencia la urgente tarea del día, y Alfredo, que suda como los asnos, se despoja del barragán y arroja lejos de sí el sombrero. Emprendido el ascenso y alcanzada una altura que le permite otear gran parte de los sembradíos, Alfredo columbra la Jaula Oficial, en donde se recluye por orden ministerial (y en ocasiones por iniciativa propia) a todo hombre de edad viril que para esa temporada ocupe los predios de la villa, con la intención de evitar, como sucedió en los primeros años del prodigio, que los pobres incautos se exterminen entre sí frente a la dócil morada de la que se llama Emma. En aquellos primeros tiempos las asombradas mujeres catalogaron la turbulencia de los sucesos como el producto de una desaforada casquivanía, pero al cabo no pudieron sino aceptar que a la pobre muchacha le era imposible sofocar su exagerada naturaleza. De manera que erigieron la enorme caja en la que, llegada la época fértil (que misteriosamente coincide con la vendimia), todos entran marchando ordenadamente, y que se cierra de inmediato y no se vuelve a abrir hasta después de exprimido el fruto (ésa y otras labores efectuadas irremediablemente por todas las mujeres menos Emma), y en ocasiones hasta doce días después. Hasta un lamentable anciano padece la prisión; es el padre de la codiciada joven; nadie escatima el oprobio con tal de ahorrarle el desatino de halconear a su propia hija, o la más asequible desgracia de perecer a manos de un robusto contrincante. Lo curioso entre los pobladores del constreñido recinto (si bien es de colosales dimensiones, se ven todos apiñados), es que además de todos estos hombres habitan la Jaula dos mastines que sacuden la muchedumbre a tarascadas hasta conquistar un lugar junto a los barrotes; desde allí, orientados los hocicos hacia la casa, aúllan desconsolados. Todo esto y varios niños cuya prematura pubertad deja la puerta abierta a la olorosa locura de Emma y que, confundidos en la gritería y las amenazas, y desconociendo la naturaleza de su novel apetito, estallan sin remedio en una fatigada plañidera. Alfredo comprende, mientras recibe lejanos improperios, que, encerrados los padres vecinales, forzosamente toda visita recibida por Emma provendrá de poblaciones contiguas, como era el caso de Roger, de lejanas tierras, como era su propio caso, o, como en el caso del abolido malhechor, de la misma comunidad, en propiedad de avispado fugitivo, situación que angosta las oportunidades del fallo y aumenta la probabilidad de victoria para un candidato provisto de rasgos excepcionales. (Un viajero encontrará el pueblo desierto, las puertas entornadas; un forastero con suerte logrará ver alguna dueña asegurando las fallancas.)

Pero sopesar estas consideraciones no le toma a Alfredo un segundo o dos cuando ya reemprende con renovado ahínco la escalada del emparrado. La podrida estructura se rinde ante sus graves zancadas. Pueden verse los estragos que produjo la intentona de Orlando; Alfredo debe ejercitar la suavidad y la cautela. Echa de menos sus utensilios de alpinista, que fue negociando durante la jornada según la necesidad (los mosquetones a cambio de posada, una tórrida noche en Moûtiers, el piolet por un frasco de jarabe...). Alcanzada la canaleta del vierteaguas, Alfredo topa con el apoyo necesario, se impulsa y ensaya un agujero en el vidrio, o mejor, practica la ausencia del vidrio con una violenta puñada. Roger, decidido a demostrar que aunque desprovisto de la fortaleza para combatir a Alfredo, cuenta con la maña suficiente para no tener que hacerlo, se ocupa en mil ardides defensivos que harán de la habitación un cuartel infranqueable. Oye un desastre de vidrios; mosqueado, acude a investigar. Penetra en una recámara de bordado (Emma es hábil costurera). Ve en el suelo una floración de cristales, ve a través del capialzado roto la soleada tierra, la Jaula, ve a Alfredo de pie, quieto como un árbol. Huye en busca de un arma, o de algo que así le sirva. Alfredo corre tras él. Emma contempla impasible: recibirá al vencedor como recibe una mujer al esposo que torna de ambiciosas guerras. Intentemos mayor exactitud, digamos que desde siempre conoce y ama al vencedor, sabe de su aptitud, de su perfección, de su victoria; le falta conocer la individualidad del vencedor, la localidad en la que brota con un nombre propio, y ésta es la información que sólo el vencido será capaz de proveer. Roger recuerda el fierro con que abarrotó la cabeza de Orlando, ya se apresura a adquirirlo cuando a tiempo colige su paradero. Alfredo le ase el brazo, Roger se zafa, tropieza, cae. Algo relumbra en el suelo: es el grampón con el que hace poco lo hiriera su rival. Lo empuña, se enfrentan. Alfredo no ceja. Roger quisiera cejar, pero Emma observa, y espera. Y Emma es hermosa. En la indistinción de la refriega debe recuperar su indisolubilidad, debe reducir el número de participantes a una cantidad mínima en la que sólo subsista la identidad Roger; una vez obtenida estará en condiciones de presentarse ante Emma para ofrecérsela, y sólo podrá ofrecérsela ofreciéndole el cuerpo inánime de Alfredo. La lucha se prolonga. La escasa destreza de Roger le alcanza para poco: un repertorio de desordenados lances, amenazas, groserías. Alfredo, confiado y paciente, lo evade. Misteriosamente una de las sacudidas logra dañarlo; un corte límpido en la mejilla izquierda. La mano inacostumbrada de Roger no tolera la resistencia que la carne de Alfredo ha impuesto al filo y pierde el instrumento. Alfredo lo usurpa; un pudor ignoto le impide blandir el arma que ha utilizado su enemigo y la arroja por la ventana. Se acerca a Roger despacio. Este comprende que la identidad Roger no debe prolongarse, o no existe, y se prepara a morir. Las manos de Alfredo le atenazan; en poco tiempo lo ahogarán. Un imprevisto llena a Alfredo de estupor: Roger pide a Emma que intervenga. Un siguiente imprevisto lo maravilla: Emma duda. Alfredo debe apresurarse a disipar aquel fantasma pusilánime; Alfredo mata a Roger. Se vuelve hacia Emma. Casi al mismo tiempo tiene una revelación vertiginosa. Intuye que no ha dormido en rocallosas laderas, disponible a la curiosidad de pastores ferales y al rigor de afortunados lobos, que no ha resistido la mística pululación de Turín, que no ha desafiado el escuálido aire del Levanna ni ha prodigado otros muchos peligros por poseer a Emma; lo ha tolerado todo, el frío y los desfiladeros, por Roger. Ha olfateado las huellas de un sacrifico futuro, cuya ejecución la oscura naturaleza le ha conferido. Ha venido a borrar una propiedad innecesaria del mundo: Roger. Roger a su vez ha eliminado otro atributo redundante: Orlando. Presiente que de algún modo Orlando es hijo de Roger, y que Roger, de algún modo, es su hijo. Presiente que Roger contuvo a Orlando, y que ahora él los contiene a los dos. Concluye que su existencia (desde que empieza), hizo inútiles las existencias de Orlando y de Roger. Refuta esta noción: el infinito Universo permite la convivencia de la infinita variedad. Otras han sido las leyes que rigieron su aventura, menos flexibles, más sanguinarias. Emma no ha sido el móvil, Emma ha sido el señuelo del móvil. Emma (pero no ha sido Emma) ha citado a Roger para que sobreviviera a Orlando, a Alfredo para que sobreviviera a Roger. Ha servido para enfrentarlos; serviría ahora para redimirlos. Emma duplica el obstáculo ante el cual Roger (Orlando) es un elemento inservible, el tribuno que otorga a Alfredo su cachaza de verdugo. Emma, de muchas formas, preside el consulado del exigente, ineluctable y siempre económico planeta Tierra. Alfredo también comprende que en todo esto consiste el amor. El rostro de Emma ha dejado de ser un inmóvil acertijo, se ruboriza, expresa amor y tibieza. Alfredo avanza, la toca. Es entonces cuando se escucha el atropellado gorjear de infinitos pájaros.

Algo llega a la casa el mediodía del sábado, justo cuando Emma recibe la primera abrasadora caricia de Alfredo. Se traslada con perezosa magnificencia, como si le costara trabajo trasladarse por completo; su movimiento es el movimiento eterno de las cosas inacabables: la presencia inmediata de un pie colocaría el muslo a siglos de distancia. Lo primero en arribar es un rencoroso rumor expansivo, un intercambio de voces fantásticas, un desafuero de torrenciales picos o una muchedumbre de alas que baten o una nación de aves que se desplaza transversalmente; pero aves no ven por ningún lado. Semeja un himno con la minuciosa calidad de la arena o de la hierba. Corren al bruñido antepecho; la Jaula, sobre la tierra, permanece incólume, en el espacio sólo hay luz... Poco les cuesta entender; lo que llega a la casa es la ruidosa luz del mediodía. Esforzándose, logran discernir la silueta de un hombre en un carro de fuego. Fulgurantes caballos se obstinan y se acercan por invisibles avenidas de aire. Emma no cree ignorar la identidad de Aquél que cerca está y contribuye con un nombre inefable; esta vez, admite, no hay otra que la fuga. Alfredo secretamente alaba la eficacia con que la escandalosa fertilidad de Emma consigue convocar los más propicios habitantes de la tierra, y del cielo. Teme, pero no sabe a qué, o por qué. Toscamente aduce que el miedo se fundamenta en la esperanza; seguidamente descubre que la única eventualidad con la que puede esperanzarse es la muerte; objeta que la muerte no es factible. Si Aquéllo lo vence, comprobará que lo prefigura, que lo implica. El vencido perdurará en el vencedor. Si huye, se convierte en un réprobo, en una sombra, en el excedente irreal de la suma legítima, más vasta. Alfredo querría que este galbanoso consuelo aportara la resignación suficiente para afrontar su inaplazable (y al cabo ilusoria) destrucción, pero ha probado el contacto de la piel de Emma, y ha sido suave, y ha sido blando. La noche se cierne con premura en otros lugares; en la pequeña aldea de Montcaris, sobre sus exiguos campos, el abominable y enamorado sol de las doce inicia su cortejo. Alfredo se apresta a la batalla.

Historia del hombre que huyó a buscar la fortuna

La adversidad hizo que un hombre que amaba hondamente a su esposa partiera a buscar fortuna en lejanos territorios. Con gran abatimiento se despidió y anduvo muchos días. Al cabo de un año vio aparecer en el horizonte la colosal sombra de un gigante. Coligió de inmediato el peligro que suponía estar en el mundo junto a aquel monstruo y huyó. El gigante, que lo vio poner pies en polvorosa, apretó el paso, aunque la velocidad del pobre no excedía esa aparatosa morosidad de los objetos graves. Y sobre el que huía y sobre el que perseguía giraron los mismos astros y bajo sus pies la tierra lentamente forjó una curva.

Pero antes que sobre todo el gigante, la vejez se acumuló sobre todo el hombre y lo postró. Cuando el gigante le dio alcance, el hombre expiraba, tendido sobre la pradera. Era la primera vez en todo ese tiempo que se tenían frente a frente; para el gigante, el hombre siempre había sido una superficie sin rostro separada por una distancia invariable; para el hombre, el gigante nunca pasó de ser una sombra que oscurecía el horizonte. Ahora se escrutaban y descubrieron que en la piel ajada por los años, en las líneas, en las heridas y en el fatigado crepúsculo de los ojos se leía una sóla historia de persecución y escape, y esa historia común que había sido el oficio en que ocuparon sus vidas, se había transformado en la única evidencia de la identidad de cada uno. Es por esto que al concluir la carrera les costó reconocerse. El hombre fue el primero en hablar:

— ¿Por qué me perseguiste?

El gigante acercó el rostro al rostro del hombre; otro habría percibido que compartían ciertos rasgos. El gigante habló:

— Te perseguí por razones que cambiaron a lo largo de los años. Por eso me resulta complicado responder a tu pregunta, hoy, que por fin te alcancé.

Sabe que soy tanto o más alto que una montaña y que a alguien de mi estatura no le es difícil ver todo cuanto sucede en el mundo. Y vi que tu mujer se afligía y se abandonaba al amparo de la muerte, a causa de los no saciados anhelos y de la desacostumbrada nostalgia.

Tuve compasión y decidí comunicártelo; quería persuadirte de que volvieras a su lado y que, luego de restablecida, no la excluyeras de tu aventura, si acordabas llevarla adelante en absoluto. El que va tras la fortuna ha de saber llevar la dicha consigo. Pero al verme te diste a la fuga y no pude llevar a término mi propósito. Entonces miré hacia atrás, pues calculé que la desesperación y la soledad ya habrían dado cuenta de tu mujer. Pero la encontré recuperada, afanosa y llena de esperanzas y sueños; recién confirmaba que alumbraría un hijo tuyo y un hijo tuyo proveería el coraje para tolerar tu ausencia. La alegría me invadió y decidí comunicártelo; esta vez te obligaría a regresar: la fortuna de los hombres se acrecienta cuando les nacen hijos del amor y aunque eventualmente los hijos se alejan de los padres, los padres no deben alejarse nunca de sus hijos. Pero tú seguías huyendo y yo no podía alcanzarte.

Pasaron muchos años antes que volviera a inmiscuirme en los acontecimientos que marcaban a tu familia. Estaba seguro de que para aquel entonces el hambre y la necesidad habrían consumido a tu mujer y a tu hijo. Miré hacia atrás por segunda vez y con algún esfuerzo identifiqué tu casa; no por culpa de la excesiva distancia, sino porque en el lugar donde construíste una marchita cabaña de leña mohosa, se levantaba ahora una rica mansión bordeada de hermosos rosales y canteros de violetas, dificultada por intrincados setos y guarnecida por un alto muro embozado en hiedra florecida. Y también porque el estéril suelo de tu comarca me sorprendía esta vez con los brillantes colores ajedrezados de viñedos, de huertos, de olivares, de abedules, de alcornoques, perales, arces, olmos y verdes tierras de pasto manchadas mil veces por gordas ovejas. Doquiera vi hombres y mujeres felices y los niños entonaban coros que loaban tu nombre.

El hombre moría inexorablemente y el gigante apresuró el final de su relato.

— Dios bendijo a tu mujer con un robusto varón que al crecer tornó en un hombre poderoso. Con él llegó la fortuna que tú saliste a buscar tan lejos. Yo he visto a tu hijo: es hermoso como lo fuiste tú a sus años. Tu esposa se ablanda en una dulce vejez, rodeada por una multitud de nietos y de bisnietos. A todos educó de acuerdo con tus preceptos y tu hijo, que gobierna sobre la región, se rige por ellos. Vi todo esto y decidí comunicártelo; juré que te tomaría en brazos y te colocaría en medio de todo lo que legítimamente te corresponde, así hubiera tenido que lanzarte por los aires: no han de haber comedimientos, cortesía ni demoras si se ha de hacer el bien a un hombre. Pero tú nunca dejaste de correr. Ahora veo que debo emprender el camino de regreso y darles a todos la noticia.

Historia de una romería, de las cantimploras secas y de la colina demasiado empinada

Por tercera vez descuidó el camuflaje y la madre superiora, aunque fue incapaz de darle sentido a lo que veía (¿cómo iba a ser capaz?), descubrió los amarillos espirales digestivos y las frondosas branquias que se asomaban indiscretamente, obscenamente, por las ranuras dorsales. Dio la voz de alarma:

—¡Hermanas! ¡Regresen hermanas, deténganse! ¡Eso que se ve allá abajo no es un río! ¡Hermanas, no es un río, deténganse!

Pero si la madre superiora no entendió lo que había visto, menos entendieron las monjas lo que les decía la madre superiora. De cualquier manera, ya era demasiado tarde. La colina por la que descendían a toda carrera era demasiado empinada. Ninguna pudo detenerse a tiempo. Todas fueron engullidas.

Historia de peces

Un hombre estaba enfermo. Un hombre era Malco Dargam y estaba enfermo, grave. Precisar la enfermedad que lo aquejaba no viene al caso. Diré que padecía cualquier enfermedad. Esa enfermedad cualquiera, empero, debe implicar una fiebre muy alta. Esta es la historia de la fiebre alta de Malco Dargam.

La fiebre que lo afligía es más importante que la enfermedad que la promocionaba. Es tan importante la fiebre de Malco Dargam, que incluso antes de hacerse sentir como el derivado próximo de un malestar determinado, ya se había cernido sobre él con la desvergüenza independiente de las peculiaridades cotidianas. Ese día, Malco Dargam anduvo, conversó, saludó con la mano y se comportó en todo momento como un hombre que no empezaría nunca a sospechar que mientras andaba, conversaba y saludaba con la mano, lo consumía una fiebre desastrosa. En las plazas bebió aguardiente y juró que bebía cerveza. Bebió cerveza y preguntó que por qué le habían dado agua. Cuando bebió agua, le pareció que se embocaba a un recipiente vacío, de donde succionaba una humedad floja. Jamás se le ocurrió que esa coyuntura era propicia para desenmascarar su fiebre. Dijo, en cambio, que el ron estaba malo, la cerveza rancia y el agua extraña. Al día siguiente ensayó la misma explicación del mundo. Hasta que una mañana otros síntomas vinieron al auxilio de la fiebre, que pretendía suplantar, en lugar de destruir, los privilegios de la salud, y Malco Dargam alcanzó a comprender que estaba muy enfermo. Curiosamente, los nuevos síntomas eran molestias empenachadas que danzaban a corro alrededor de su fiebre, delatándola, evidenciándola, lo mismo que la irrefutable amonestación de un concilio de hermanos cuando pone de manifiesto los crímenes de algún pariente ante un padre ofuscado por el amor. Falló su explicación del mundo. Antes, la fiebre le había servido para denostar un ambiente defectuoso. Ahora le recordaba que el mundo era un lugar espléndido donde todos festejaban una misma holganza de sanidad y sólo él estaba intervenido por los estragos de una sed implacable. Le tomaron la temperatura. Se escandalizaron. Lo internaron. La habitación era oscura, con una ventana por donde espiaban los árboles. Toda la tarde navegó sobre la perspiración ártica, perdido en una tormenta de colchas, y en la noche una liebre feroz a mujeriegas sobre un escarabajo desorientado lo inició en los misterios del delirio. Otro día lo aterrorizó la certidumbre de que sus dientes eran un cordón de granos quebradizos de cereal, sus encías una doble vereda de mal yeso, su paladar una descascarada cúpula pizarrosa, y que su lengua, en medio de los horrores, era una inquieta piedra pómez. En los días de mayor compostura, un trozo de hielo en la boca de Malco Dargam era un coral untado en azogue, y un buche de agua constituía un aliento de gas frío. Como escasearon sus experiencias de agua, sus recuerdos de agua, faltos de provisión, languidecieron. Como languidecieron sus recuerdos de agua, la sed de Malco Dargam se irguió sobre su memoria sin encontrar oposición y se consideró libre para idealizar el agua, como idealizamos, en cuanto perdemos de vista la estación desde la ventana del coche-litera, la atolondrada penca que accedió a darnos un beso en la aldea que nunca volveremos a ver. Si una enfermera le llevaba una jarra de agua fresca, Malco Dargam se negaba a identificar aquel líquido incoloro con el que antaño solía remediar sus angustias. Desde ese momento, Malco Dargam entretuvo las noches implorando a los monstruos generados por su delirio que por piedad le llevaran siquiera un trapo mojado, del cual fuera posible destilar unas gotas de agua, no de la engañifa transparente con que traficaba el hospital, sino de agua, agua verdadera, el agua que existía en el mundo antes que lo postrara la fiebre. Ensordecidos por sus respectivas delincuencias, ninguno prestó atención a sus ruegos. La noche que ofreció una recompensa cuantiosa a quien le hiciera la caridad de llevarle a la boca un poco de agua en el cuenco de las manos, reapareció la liebre ambiciosa sobre el escarabajo impredecible, las manos juntas y ahuecadas. Malco Dargam precipitó la cara sobre la ofrenda y lamió el rocío que florecía en los pelos y las callosidades de las patas delanteras de la liebre... Pero yo sé que Malco Dargam tan sólo acariciaba con la lengua su propio bigote, del que sorbía una transpiración dosificada. Entonces amanecía y Malco Dargam, entre obsecraciones y sobornos, había malbaratado su descanso.

Una noche habría capturado mi atención un mascullado incesante de Malco Dargam, aunque no hubiera sido posible entender lo que decía, por lo erosionado de la voz y lo trabado de las cogitaciones. Avanzada la noche, una vez hubo esclarecido su pensamiento, Malco Dargam calló; mal testimonio supo dar entonces mi oído cuando no rescató lo que tan claramente peroraba Dargam en su cabeza: "¿Tengo sed? ¿Tengo sed? ¿Tengo sed?".

Atajo en este punto el regocijo que sobrecoge al lector mentecato, que, por demás, ha de estar circulando como la infección en medio de la asamblea de cretinos que leen estas hojas, complacidos y apaciguados porque a partir de las baratijas que desecho en el camino de la historia para que no hagan bulto al equipaje primario, "coligen" y ya celebran la recuperación de Malco Dargam, cuya sed aparentemente cejó, ergo su fiebre ha de haber hecho otro tanto, esfumándose, soliviantados también por la esperanza urgente de librarse muy pronto de un autor que valientemente los mortifica. Afrenta tener que venir de donde estoy para explicarles que la duda que imponía Dargam a su sed era deliberada; no natural, porque estuviera curado, sino voluntaria y forzada, para eludir el tormento. Razonó que el interés que dedicaba a su sed era un agasajo ridículo, desacertado y perjudicial, y lo igualó al desvarío de un hombre que se pasara la vida pensando ininterrumpidamente en su dedo meñique. No acabaría nunca de imaginarlo y agotaría su identidad en un perpetuo esfuerzo por determinar los secretos de su presencia y los estados en que se manifestara esa presencia misteriosa. Su inteligencia de las cosas se reduciría a un constante atalayar si su dedo está doblado o extendido, húmedo o reseco, asoleado o en sombras, si recibe la brisa, si percibe frío o calor, si los vellos indican hacia un lado o al otro o a ambos, si los pliegues que recubren la articulación central varían cada vez o son fijos, si hay mucha o poca uña y lo que pueda pasar en consecuencia de todo y por todo. Como resultado de insistir tan imprudentemente en su existencia, el dedo le dolería y le punzaría todo el tiempo. Allá, lejano, en la punta de la extremidad pertinente, el dedo meñique se volvería un objeto insoportable y adherido, y el desquiciado lo sentiría menos como su dedo que como un tubérculo canceroso que pendiera de su mano. El hombre que recordara, hora tras hora, alguna parte de su cuerpo, padecería de esa parte (tanto como este loco ejemplar padece de su meñique), y su único remedio consistiría en inadvertirla. De la misma forma, Malco Dargam había decidido que hay que desentenderse del cuerpo para que no nos agobie, e ingenió dudar de su sed con el fin de pasarla por alto, como cualquier hombre cuerdo domestica el lóbulo de su oreja derecha o las plantas de sus pies bajo la coyunda de una invisibilidad rutinaria.

Temeroso, el pueblo de su delirio acudió a otra parte con sus deportes y su farándula; abandonaron bacines, hendijas, verjas y se descolgaron por la ventana mirando a Dargam con recelo. Éste esperó a que todos se hubieran ido, y como sucede cada vez que distraemos el énfasis de aquello que, en el instante crucial, es lo único que coagula nuestra consciencia, se durmió.

Inmediatamente después estaba en una pradera, frente al río que arrastra témpanos hacia el interior de una gruta. Luego la gruta era él, y el agua y el hielo descendían por su garganta. Más adelante visitó una casucha; en la trastienda, su abuelo estaba tendido sobre un camastro con palúdicas. El anciano roncó y Malco Dargam tuvo la certeza de que soñaba con un grifo abierto cuya agua se perdía y se perdía. Salió de la casucha y supo que no importa a donde peregrinara, la bóveda de su sueño estaría prieta de nubes de lluvia. Una enfermera entró y salió; Malco Dargam se alzó un momento y volvió a sucumbir. Esta vez por poco pierde el equilibrio con verse a una gran altura, sus ojos a la par con los árboles más enhiestos, posición que le permitía otear las cosas de la tierra. En la inmensidad divisó un agujero; avanzó sobre él; tenía agua. Pero por más que se dobló y se acuclilló no pudo beber, porque el agua estaba en el fondo de la cisterna. En un último intento antes de desistir, Malco Dargam captó su reflejo en el bache y comprendió. Así es mi sed, se dijo. Ésta es mi sed: no queda en el mundo sino este lodo bajo el nivel del suelo y yo soy una jirafa.

Malco Dargam vivía felizmente en una casita que había construido en los abismos de una hondonada cuando se desató por fin el aguacero. Se anegaban sus propiedades a medida que el cielo se despejaba. Acabó de llover y el sol reverberó sin nubes sobre un lago. En el depósito, la casita estaba intacta y todos llevaban una vida normal: Dargam se meció, las vacas pastaban, un can roía. Por la tarde Malco Dargam alzó los ojos y vio a través de las aguas un foco empañado y desigual que era el sol. Por la noche hizo lo mismo y no vio nada, pero era la luna. Todo estaba negro y Malco Dargam había estado preguntándose por qué tanta agua no era capaz de refrescarlo. Recordó entonces su aventura en la estepa, cuando era una jirafa y se antojó de que los sucesos concurrirían en breve hacia una explicación. Cada quien aprovechó las tantas para su negocio; las vacas rumiaron, un can perseguía, Malco Dargam velaba, meciéndose a la intemperie. En este momento, el fantasma posible de una impureza anaranjada exhaló su insinuación boba justo allí donde Malco Dargam había fijado el descanso de los ojos. Alfonso Fraile quiere hacernos creer que lo habría percibido mucho antes, cuando la actual precariedad anaranjada que intervenía el espacio formalmente incoloro, era apenas una vacilación de la oscuridad en esa parte. El año siguiente a la inundación el equilibrio anaranjado ascendió al rango de mancha y durante un período de tres años Malco Dargam lo observó definirse hasta madurar los contornos esquinados de un formidable pez. Nadaba con agallada elegancia y ninguna desazón parecía contaminar su perezosa beatitud. Malco Dargam supo que tal abulia sólo podía originarse en la total ignorancia del pez respecto del cataclismo que había inundado las concavidades que eligió para su aposento. Por otro lado, la presencia del pez lo indujo a percatarse de otra presencia, más inmediata y atroz: el sordo permanecer del agua. Al cabo de cinco años, el pez se había acercado lo suficiente como para que Malco Dargam barruntara que entre ambos, el agua y el pez, existía un vínculo de solapada discordia. Poco después, las presencias del pez y del agua se diluyeron y se fugaron, permitiendo una sóla emanación que ocupó desde entonces todo el interés de Dargam. Eran una misma contribución hinchada, eran una ausencia fosforescente, eran el resentimiento que los dividía.

En realidad el pez no tenía nada que ver. Pero era precisamente esta vicisitud la que constituía el disgusto. Porque el agua estructuraba su identidad alrededor de la suposición de que el pez estructuraba la suya de la misma forma. Es decir: el agua creía ser agua por los beneficios que el pez evidentemente recaudaba en el contacto, y además tenía fe en que el pez se decía pez por la misma razón. Este, por su parte, no mostraba estar en condiciones de advertir, mucho menos agradecer, ese mutualismo ideal; antes se conducía con magna indiferencia, como quien nunca está colocado donde lo alcance la necesidad de ser idéntico a sí mismo, y si ser lo que era continuaba o avanzaba de corrido hacia ser lo que era, esto se hacía tan casualmente como quien pasa por ahí. Conque en la más sepultada pupila de su color anaranjado, el pez escandía una estupidez vaga o una inteligencia saturnal que apenas soñaba con discurrir si había pez, o agua, o ambos. Esto preocupaba al agua bastante; la hacía sentir prescindible y colada de inseguridad. Hasta llegó a pensar que la única razón por la que el pez estaba en el agua era porque no tenía amigos en la tierra. En breve, que mientras el agua era capaz de distinguir las perturbaciones del pez en su seno, no estaba dentro de las posibilidades del pez intuir el volumen que lo contenía. Para eso el agua habría tenido que purgarse y deshauciar al pez, pujarlo hacia el estupor y la atmósfera. Malco Dargam averiguó entonces que el verdadero responsable de su sed era el pez anaranjado, que irradiaba sobre el agua una intimidación desmoralizante. El sueño le mostró que su sed era una eternidad de agua interrumpida por un sedimento en forma de pez anaranjado. Lo que nunca imaginó era que el pez creía agotar todo el espacio (lo cual no deja de tener sentido), y que por esta razón se acercaba lentamente a Dargam con ojos incrédulos o sólo de pez.

Otro día nadó y se detuvo a pocos centímetros de la nariz de Malco Dargam, calmado por la paciente malicia de verlo bizco. Éste, en efecto, que aún divagaba, expresó un sobresalto al comprobar tan de súbito cuán próximo estaba lo que creía muy lejos. Sus ojos, habituados a columbrar, se resistieron a inteligir sin que mediara progresión la absoluta cercanía de aquel incremento anaranjado y todo lo que obtenía del pez eran la imagen difusa de una lámina facial y la boca que repetía una misma insolencia con los espasmos de la respiración...

Pero yo convalescía en la misma habitación que Dargam y nuestras camas eran adyacentes. Y yo sé que Malco Dargam debía soñar o delirar, pues delante suyo sólo estaba la liebre furibunda. Que lo tenía asido por la solapa de la pijama y lo miraba a los ojos con ojos increpadores y lo vilipendiaba y clamaba, en medio de las injurias, que había regresado para cobrar su recompensa.

Historia del matrimonio amenazado

A Hilario se le estaba terminando la paciencia. Otra vez llegó al bohío vistiendo la fatiga de la jornada sólo para hallar a su hija Nilda rebozante de felicidad. Como siempre, faltaba una gallina en el corralón. Hilario sabía que Miguel había estado allí. Esa noche la adolescente soñaría con ese prófugo, con ese monstruo. Y bien de madrugada, en cuanto Hilario partiera para los obtusos cañaverales, lo recibiría con excitación alegre y corazón acelerado. Se entregaría a él y festejarían luego con un asado de gallina. Hilario se había cansado de pretender que no sabía nada. Preguntó lo mismo de todos los días: "¿Otra vez el guaraguao?". Nilda le contaba siempre la misma falacia: que se trataba de un pájaro astuto, que no bien salían las gallinas a escarbar se precipitaba como un bólido sobre la más sonsa y en un abrir y cerrar de ojos remontaba las alturas con su presa. Cada vez que Hilario la oía insistir en el embuste se le acumulaba un rencor podrido, carajo, como si él no supiera lo que realmente sucedía, como si él fuera un pendejo a la vela... ¿Cuánto tiempo más piensa esta imbécil que podrá ocultar esa barriga? Entonces le aguaba la euforia diciendo: "Hoy volví a hablar con Bienvenido. Ese muchacho es bueno y trabajador, y no tiene ojos para otra que no seas tú. Yo digo que lo único que falta es fijar la fecha". A Nilda se le humedecían los ojos.

Hilario pidió prestado el rifle de su compadre Ambrosio. Lo sentía mucho por doña Jobita, pero alguien tenía que frenarle los ímpetus a ese muchacho. Doña Jobita no tenía la culpa, claro que no. Lo concibió a la fuerza y lo parió entre lamentos. Nunca pudo controlarlo. Hilario pondría fin a los excesos de Miguel y al hacerlo daría punto final a la cotidiana deshonra. No iba a ser a causa de ese delincuente que se malograría el ventajoso matrimonio que había pactado para su hija. Bienvenido aceptaría a Nilda tal y como estaba; pero le tocaba a él deshacerse del estorbo que representaba Miguel. Hilario llegó al bohío más temprano que de costumbre. No vio al intruso por ninguna parte. Nilda dormía en una hamaca, satisfecha. Entonces se oyó una explosión de alarmados cacareos. Hilario corrió al patio. No tuvo que contarlas para saber que le faltaba una gallina. Alzó la vista. El ladrón era ya un punto negro en el firmamento. "Vaya, vaya. Si parece que voy a tener que usarla después de todo", pensó Hilario. Estaba decepcionado de la inconsistente villanía de Miguel. Estaba arrepentido de haberle achacado a su hija, equivocadamente, a merma de su gallinero, como si su ya grave delito necesitara de ignominias adicionales. Cargó el arma. Nilda se despertó y corroboró sorprendida que su papá estaba en el casa a la hora menos indicada: "¿Papá?". Y cuando lo vio apuntar: "¡NO!". La detonación le hizo eco en la bóveda del estómago. La gallina estaba viva y pudo zafarse de las garras de su captor. Padre e hija la vieron aletear con loco denuedo hasta sumergirse con estrépito en la copa de un tamarindo cercano. Pero Miguel estaba herido de muerte y fue incapaz de hacer lo suyo. Su cuerpo se desplomaba vertiginosamente. El impacto levantó una nube de polvo que hizo toser a Nilda.

Historia cursi del talco insecticida

Querida doctora Corazón:

Escasa ha de ser la porción que me complazca de este mundo y si en él algo hay que me inspire verdadero amor, es sólo mi novia, porque no vale más el orbe todo que una sola hebra de sus cabellos. Sepan cuantos que mi novia es una dueña núbil, princesa de esplendor angelical, bálsamo que solivianta, asiento de toda virtud, agradable color para el ojo cansado, tónico que refresca, vicaría del sosiego y la entereza, casa de oro, proxeneta de la salud, antídoto de la fatiga, amiga del bien y doncella incólume, holgada en una estrecha vecindad con todo lo excelente, alto, discreto, sereno y perfecto. Me tacharán de romántico y por mí parte admito que tengo un alma sublime, conque por ahí vayan conociéndome. En este crudo lugar donde no cesan el llanto y el crujir de las lamentaciones, ¿no es maravilloso encontrar un alma gemela que comparta el gusto por las puestas de sol, la soledad, los libros, el arte, el alba terrible, y también el aborrecimiento de lo chabacano, los deportes, la masificación, afinidades que evidencian la naturaleza común de nuestros espíritus? La gesticulación más insignificante entre nosotros cobra el sentido más rico, lo cual formula y corrobora indefectiblemente la pureza de nuestro amor, pues hemos trascendido la humanal y deficiente tarea de las palabras. Nuestro amor es el amor más espectacular, inefable y próspero que haya experimentado ser humano alguno, por razones que resultarán obvias para el que nos conoce personalmente. La comparación acaso sea desventajosa para el género humano, pero, ¿y qué? En fin, sostengo que mi novia y yo nos acariciamos con un amor reservado a los dioses.

Me pregunto si los poquísimos amigos, distantes amigos, que teníamos en común ella y yo (cómo tener más de poquísimos amigos, más que distantes, en este crudo lugar), propiciaron en algún respecto la deleitable armonía que medió entre nosotros ya desde la primera vez, y que avanzaría hasta convertirse en el dulce consorcio que nos une hoy y que nos unirá hasta el desenlace de la carne. Mi novia es el acento de mi vida, la horma que le da sentido y contorno. Reflexionar sobre el tiempo que transcurrí sin ella vale por internarse en una suerte de estivación o desmayo, donde es difícil reconocer las aristas de los objetos, de los recuerdos y de mí mismo. Por ello no tomaré esa vía para narrar mi historia. En cambio diré:

Cuando Rebeca, mi vecina (a quien me vinculaba la excesiva colindancia de nuestras habitaciones, que la obligaba, digamos, a una sociedad necesaria), me contó que su casa era la #214, una morada de amplios balcones y toldos azules, no me hice esperar y le escribí una carta. Fue una carta sencilla, pero llena de alardes literarios y preciosismos; muy respetuosa, pero con la franqueza intemperante que suele exhibir nuestro idioma natal. En ella le participaba la agradable sorpresa que recibí una tarde del mes de julio cuando por primera vez la vi, meditabunda y hermosa sobre un leño blanqueado, en la desolada playa donde con tanta asiduidad iba yo a purgar mis amarguras e insatisfacciones. Le advertí que no había procurado esconderme, para no intoxicar con espionaje lo que surgía como la espontánea contemplación de un paisaje que, por un azar beneficioso, la contenía y abarcaba. Le confesé que algún sagrado designio me había elegido para testimoniar el contraste negociado entre su silueta y el horizonte de incierto color, en cuyos linderos impracticables estaba situado el Paraíso. Esta y otras cosas parecidas aseveré. Y le dije que su presencia allí me daba a entender que la abrumaba una soledad tan espesa como la mía. Verla así, en una actitud tan familiar, pues era la misma que asumía yo cuando acudía al sitio, hizo germinar en mí la ilusión de que a lo mejor era posible encontrar algún consuelo y que hallar el fragante arrimo que me ayudaría a conjurar las penalidades de este mundo no era una fantasía irrealizable. Me contestó la carta en pocos días y mi alma se hinchó con una felicidad urgente.

Me revelaba en la misiva que sí había notado mi presencia en la playa, pero que no lo había manifestado por pudor y hasta por un temor ignoto. Me devolvió mis argumentos acerca de nuestra preferencia por el lugar como indicio de nuestra inmensa soledad, e hizo alusión a experiencias pasadas que le inocularon una frustración honda. Leyendo concebí esperanzas y me embriagó la premonición del amor. La correspondencia mantuvo su caudal precipitado y el día que leí su octava carta me arrojé como un furioso a casa de Rebeca para agradecerle el bien que me había hecho. Igual pude haber obtenido la dirección de cualquiera de los vecinos con quienes sostenía un trato dudoso y superfluo, y en todo caso hubiera podido verla otra vez en la playa y hablarle. Pero debía compartir mi dicha con alguno y elegí a mi vecina. Me unía a Rebeca y a su marido una cordial aquiescencia, pues las atenciones que me dispensaban y los arreglos en que incurrían para alejar de mí la soledad, siempre, dicho sea de paso, con un cierto dejo de incomodidad y conturbación (conste que no los culpo, pues reconozco que no es sencillo habituarse a nuestro aspecto), yo los acogía con el gozo de un forajido que se sabe resguardado en un hogar tibio donde no faltan las luminosidades frescas y las toallas limpias. Llegué a la casa y, como de costumbre, los niños se pusieron a llorar aterrorizados. Rebeca me hizo pasar adelante mientras Pedro se los llevaba a otra parte. Luego de agasajarme con refrescos y cosas nos pusimos a hablar. Me desbordé, repasándole mi aventura, y la puse al tanto de la gravedad de mi delirio. Un poco avergonzada aceptó el hecho de que yo le pudiera estar profundamente agradecido. Luego miserablemente cambió de tema y acabamos hablando de sus hijos y de que Pedro tenía que arreglar no sé qué en la terraza. Esto suele pasar con relativa frecuencia. Rebeca no tiene otro tema. A veces habla de arte, pero su conversación no puede compararse con la de mi novia, que es un espíritu libre. Cuando mi novia, que no tiene parangón en esta Tierra, habla de arte, no va mal tomar notas, porque es un verdadero seminario. Digo que mi novia es la persona más inteligente y acabada. Pero nada de esto pude comentarle a los zoquetes de Pedro y Rebeca, embebidos en su cháchara banal, impacientes de verme ir. Así que me fui. Lástima de pareja. Lástima de pareja todas las que pudiera haber, menos la que hacemos mi novia y yo, cuajadas en lo meramente carnal, con una endeble sombra de amor bajo la cual se guarece la costumbre.

 Mi amada y yo nos seguíamos escribiendo torrencialmente. Ahora no nos ocultábamos nada y habíamos despachado los miramientos que nos domeñaban al principio. Epístolas innumerables consolidaron la naturalidad con la cual, eventualmente, orquestaríamos nuestra relación amorosa. Tan cómodamente íbamos y veníamos por el correo que pasó mucho tiempo antes de que se nos ocurriera volvernos a ver, posibilidad que ninguno de los dos había mencionado. Con cartas habíamos arquitecturado un mundo sin errores que llegamos a considerar exclusivo, renuentes a cualquier otro medio, temiendo, quizás, una desilusión que en el fondo sabíamos imposible. Salió a relucir la necesidad de vernos por segunda vez y nos citamos en el mismo lugar donde nos vimos la primera.

Fui a llevar esta buena nueva a Rebeca. Hablaba con Paula desde el jardín de su casa y no pareció estar interesada en la noticia. Paula procuró otros quehaceres con algún nerviosismo y poco a poco se alejó de nosotros. Me despedí y me fui a caminar por el parque, ejercicio que no acometo regularmente dado que mi naturaleza antisocial me prohíbe disfrutar de un sector tan concurrido. Abandoné los predios en cuanto distinguí que algunas señoras y sus bebés se habían escandalizado con mi presencia y que varios policías se congregaban para vigilarme con disimulo. De nada vale repetirles ad nauseam que somos inofensivos. En fin, se acercaba la hora de mi cita y me dirigí a la playa en un taxi.

Era el atardecer y la calma del mar era absoluta. Yo me quité los zapatos y alivié las acaloradas pezuñas en la helada espuma de las olas. Ella se aproximaba desde el extremo opuesto con las sandalias en las manos. Nos vimos. Su mirada verde me conmovió. Ella se detuvo, vacilante. El sol moría y las aguas lo cobijaban. Nos miramos largamente y yo supe que la amaba, que debía amarla. Ella dio un paso adelante, exasperada y deseosa. Yo di otro paso. Ella, otro más. Corrimos. Una ola se humilló a nuestros pies justo cuando nos fundíamos en un abrazo desordenado y nuestras bocas equivocaban con delicia el lugar exacto por donde ascendían los labios. Sin que mediara una sola palabra articulamos todas las posibles, y la noche cayó sobre nosotros. Aquel fue el día más feliz de mi vida. ¡Divina criatura, nodriza de los buenos olores y la delicadeza! ¿Cómo pude hacerte lo que te hice y no morir calcinado por mi propia malevolencia? ¿Cómo pude hacerte cruzar tanto sufrimiento, yo, que le debo al cielo la fortuna de haber sido el objeto indigno de tu atención?

En adelante comienza para nosotros un tiempo nuevo. Alegrados por el ansia de formalizar la generosa travesía conjunta fuera de la abstracción epistolar, nos hicimos novios una lluviosa mañana de agosto. El ingreso a una tridimensionalidad de los cuerpos apenas se dejó sentir como el obstáculo que invita al sonrojo y a la extrañeza; antes bien permitió la cristalización de los afectos y el escrutinio tangente y referencial de nuestras respectivas personalidades. Cara a cara nos dijimos que nos amábamos, cara a cara, por fin, nos susurrábamos azucarados cariños. Como yo, mi amada era huraña y prefería el apartamiento y el solaz. Como yo, era ávida lectora. Como yo, vestía con gran estilo y distinción, usaba artículos de maravillosa exquisitez, se entregaba con soltura y erudición a los placeres de la buena mesa, y exigía, en cualquier ámbito, lo mejor de lo mejor, invariablemente. ¡Ah, compañera terciaria! Más de una vez visitamos a Rebeca y a Pedro con el propósito secreto de pavonearles nuestra evidente superioridad como pareja. Pero nos despedíamos prematuramente a razón del alboroto que nuestra presencia les infundía a los ariscos y maleducados niños.

Ella me reprochaba con ternezas la mínima tardanza y era ducha en el arte de la protesta de amor. En lo que a mí respecta, comulgo que pendía de su expresión iluminada, de su corazón incondicional, de su belleza enceguecedora, de su mullido auscultar las predilecciones de mi comodidad y beneficio, con el rigor atropellado de un vicioso. Salíamos de paseo todas las noches, luego de no habernos separado en toda la tarde y casi haber amanecido juntos al día. Agotamos museos, tertulias y cines, cafés, restaurantes y bailes, ocasionando el revuelo de los concurrentes, sacudidos por el descomunal espectáculo que imprimían nuestras apariciones en el panorama nocturno de la ciudad. Jamás hicimos cola las veces que nos apetecía ver un *film,* pues todos se apartaban a nuestro paso. Adentro, no obstante, éramos más civiles, y optábamos por sentarnos en el área adscrita para nosotros con el propósito de no obstruir con nuestra envergadura el disfrute de la película para otros parroquianos.

Mi novia es un ángel bajado del cielo, pensaba, una doncella de sutiles partes. Y no sabía hasta qué punto era esto cierto, cuando, por guarecerme de una tormenta repentina, atravesé la plaza y entré en la iglesia. Allí estaba mi novia, arrodillada, rezando con suma devoción, su rostro velado por una intrincada mantilla. Fue un momento dramático y lo igualo a una visitación sobrenatural. Desde esa vez supe que debía hacer lo posible para conservar la joya secreta que se me había encomendado.

Todo se vino al suelo una noche tibia de abril. Callábamos en la terraza de un *caffè all'aperto*, mirándonos y acariciándonos las manos. Este tipo de veladas era habitual entre nosotros. En aquel entonces recuerdo que, mientras posaba mi mano en la suya, consideraba para mis adentros que hubiera sido una locura y un error nunca habernos conocido. Nuestra relación hasta el momento que narro había prescindido del contacto sexual; pero los eventos mantenían un curso saludable y nuestro amor crecía a la par que nuestro deseo. Ardíamos y esa noche se ciñó sobre nosotros el presagio de la consumación. Mirándonos y acariciándonos aumentaban las ganas. Debajo de la mesa, mi novia acariciaba con sus piernas mis piernas con fiebre. Ocurrió ahí que me atormentó de improviso un escozor brutal. Traté de simular y me fustigó el íntimo bochorno de reconocer la naturaleza de aquel picor. Lo recordaba de mi adolescencia, etapa en la que se registra con mayor regularidad como un mal pasajero, y no podía creer que hubiera regresado para agobiarme en esa noche crucial. La comezón me torturaba la muñeca, luego el antebrazo y más tarde el hombro. Conservé la calma y con gran ecuanimidad me dispuse a apartar la mano de las manos de mi novia, para evitar una vergüenza mayor. Ella no lo consintió y en ese momento, cuando ya el resto de mí era carne de roncha, un nuevo escozor volvió a rayarme la muñeca. Deduje con un escarmiento infinito que las pulgas transitaban por las manos de mi amada hasta mi cuerpo, ávidas de sangre fresca. La tristeza me ahumó los ojos y una sombra omnipotente eclipsó la hermosura de mi enamorada. Era el fin. Ella se acercó para darme un beso y yo luché contra el asco. Era una verdadera tontería, pero me era imposible, a raíz de mi sofisticación, no achacar a una higiene vulgar y negligente la peculiaridad de que su cuerpo fuera nutrimento de pulgas. Eso, me dije, aflige sólo a la zahorria de los barrancones. ¿Cómo era posible que la mujer que tan sabiamente hablaba de Coleridge, de Hugo, de Horacio, de Rochester, de Cervantes, de Tghsyertmklprtw, que con tanta elegancia se desenvolvía en sociedad y con tanto gusto elegía sus prendas, estuviera ahora felizmente sentada frente a mí, con la despreocupación de los que nada temen, dejándose chupar de asquerosas pulgas? Mi ecuanimidad se quebró en pedazos y mi semblante se tornó frío. Mi raciocinio también se rompió y no pude sino ver delante de mí a una criatura soez. La llevé a su casa y me alejé sin besarla. Regresé de madrugada y me puse a llorar, luego de haber concluida la humillante labor de espolvorearme talco insecticida sobre todo el cuerpo.

Una semana permanecí encerrado sin contestar el teléfono. Fueron días horribles. Al término de la semana decidí confrontar la situación con la madurez y la decencia que pide un amor tan intenso. Alejándome nada resolvía y sólo lograba dañarla y castigarme. Fui a su casa. Todavía a mitad de camino el recuerdo de su delectable figura involucraba imágenes del infecto bicho. Pero cuando abrió la puerta de su casa y me miró con los ojos húmedos, lo olvidé todo y juré que ninguna circunstancia sería bastante a vandalizar nuestro amor. La abracé en el vano de la puerta y no me pidió explicaciones. Estaba demasiado contenta. Le dije:

— Te amo.

— Entiende que si me privas de tu presencia un sólo minuto, en ese minuto se acumula una eternidad insoportable. No vuelvas a ausentarte tanto tiempo—, dijo ella. Yo se lo prometí. Las cosas volvieron a ser como antes. Hasta que un miércoles.

Esta vez las pulgas, que habían aumentado sus huestes, me masticaron tanto que estuve a punto de gritar. Juro que se me nubló la vista. No solté un alarido ni pedí socorro porque estábamos en medio de una sala de teatro. Tuve que salir. Ella me siguió. La llevé a su casa. Ya nada fue lo mismo. Nuestra vida a partir de entonces se ha convertido en un protocolo de pequeñas zozobras.

Como habrá podido apreciar, la vicisitud que me aqueja no tiene nada que ver con los chismes que la gleba pueblerina habitualmente publica en su columna, y espero que los consejos que reciba de usted se coloquen a la altura de ese obvio contraste. Me dirijo a usted en un arranque de desesperación. Necesito consultar mi escolloso intríngulis con alguien, yo, que no tengo un sólo confidente, salvo la misma persona que constituye la dificultad a resolver. Por otro lado, la naturaleza humillante e insalubre de mis problemas amorosos pide a gritos el anonimato.

Dígame qué hacer. Enséñeme cómo lidiar con el desdoro que empaña la perfección de mi novia. Nuestra relación empeora cada día más, no así el amor que nos profesamos, entiéndame. La mutua adoración que nos une es imperecedera y los sufrimientos por los que atraviesa no logran sino purificar esa fenomenal emoción. Pero las pulgas se interponen y dañan la beatitud incorruptible de mi amada. Yo la amo a pesar de todo, créame. Mi novia es un ser excelso, si bien su pulguiento pelaje me dice otra cosa. Sospecho que el problema no es tanto ella, sino yo, que no merezco la dicha que me regala. Sólo un patán de siete suelas permite que un melindre baladí destruya un apareamiento concertado por los mismos dioses. Intuyo que usted me exhortará a buscar ayuda especializada, pero también vaticino que me instigará a sincerarme con ella. Lo sé. Acaso lo único que busco es oírlo de otra persona, sentir el apoyo de un amigo. Y aun así, ¿cómo abordar el tema, de qué modo entablar con ella una conversación tal, abundosa en indirectas persuasiones de que use talco insecticida o champú de la Abeja? Ayúdeme, porque si esto no se resuelve cuanto antes y me veo obligado a desechar la esperanza de algún día poder otra vez frotar nuestras cornamentas para que nos invada la hiperventilación del deseo, mientras mi lengua juega con la de ella en el abismo oscuro de nuestros hocicos apasionados, entonces de pena moriré.

El Mártir

Historia del guerrero que vino de otro lugar

De acuerdo con Alfonso Fraile, que es un hombre bueno y sapiente, el rey moabita de no sé qué período acogió en sus filas a un guerrero que vino de otro lugar. Si era o no era guerrero al momento de incorporarse en el ejército de aquel rey, es un pormenor que suscita graves controversias y motiva las ponencias, simposios y congresos de los *colleges*. Porque algunos afirman que el título se le asignó más tarde; otros, que era un mercenario. Existen documentos que apoyan la tesis de que el visitante estaba perdido y solicitó ayuda. Hay quienes ven en la conducta del extranjero la reacción de un animal acorralado... Lo cierto es que llegó al atardecer. Para cuando pudieron apresarlo con mallas, media ciudad se consumía en el fuego y habían muerto cien hombres. Lo llevaron a una celda. Los carceleros murmuraron y esas murmuraciones pronto alcanzaron los oídos del rey moabita. Se decía que el prisionero había intentado escapar derribando los muros del calabozo. Nadie era capaz de precisar si los había forzado, si había utilizado sobre ellos una violencia sobrehumana. Mascullaron que el preso apartó los muros con la mano, como si dispersara el humo o repudiara un bicho molesto. Cuando desapareció esta barrera, en lugar de darse a la fuga, se detuvo espantado y se refugió en un hueco de la celda. La prisión estaba bordeada por unas canaletas que encauzaban las porquerías de los pesebres y, al parecer, al extranjero no lo sedujo la idea de mancharse. Entonces vieron cómo los muros poco a poco regresaban a su lugar, como los sedimentos que lentamente se depositan en el fondo de las vasijas.

El rey moabita vio la oportunidad de lucrarse a expensas del milagroso gladiador y mandó a abrocharle los aperos de soldado. Se quedaron boquiabiertos. ¿Cómo podían explicarle que ninguna de las partes del forastero coincidiría con sus petos y corazas y yelmos y quijotes? Alguien le dio una espada. El extraño no pudo comprenderla y la blandió por el filo. Se maravillaron;

aquel guerrero era ignorante y su ignorancia venía también de otro lugar.

Esto es lo que sostiene Alfonso Fraile y yo le creo.

HISTORIA DE UN HOMBRE NACIDO BAJO EL INFLUJO DE UNA MALA ESTRELLA, O VIDA DE UN DESGRACIADO, O PENOSA TRAGICOMEDIA EN OCHO ACÁPITES

1.1. No hay (no puede haber) hombre más desgraciado que yo, y si lo hay, díganme dónde está metido, enséñenmelo. Aunque puede decirse que soy un perfecto desgraciado a tiempo completo, hay veces que soy más desgraciado que otras, algo que de primera intención parece una imposibilidad. Pero es cierto, se los juro. Cuando juego billar, por ejemplo, soy más desgraciado que otras veces. El billar es un juego inventado en el siglo XIV para exacerbar la patética condición de mi desgracia en el presente siglo. Sólo cuando nadie está pendiente de la mesa, sólo mientras los circundantes se ocupan de sus tragos y conversaciones y no prestan atención a mi turno de juego, sólo entonces la mala suerte afloja los grilletes con que me sujeta y permite que ejecute jugadas magistrales. Mi contrincante, en estos casos, abandona las socializaciones que distraen su atención del juego, intuyendo que ya he yo derrochado mi turno, por lo cual se apresta a calcular su jugada. Entonces tengo que susurrar la siguiente disculpa, verdaderamente arrepentido de haber metido la bola en la buchaca: "Todavía no". Y ahí es donde me jodo porque otra vez la atención de los circundantes se cierne sobre mí, la desgracia anida nuevamente en las entretelas de mi vida y les regalo a los espectadores la oportunidad de presenciar un despliegue de inepcia apenas concebible. En cierta ocasión la mala suerte se encarnizó con una ferocidad inusual y mis tiros fueron tan lamentables que dos *bouncers* me sacaron a patadas del salón.

§1.2. Soy un desgraciado monumental. Tan desgraciado soy, y tan maldito, que ninguna mujer tolera o entiende mi proximidad, esté o no en sus cabales. De modo que las urgencias corporales de mi especie se acumulan sin alguna esperanza de alivio, quitándome toda alternativa que no sea rasparme mi propia piragua. Una vez una mujer hermosa me puso una moneda de veinticinco centavos en la mano; creyó que era un pordiosero. Otro día pregunté a una bella señorita: "Por favor, ¿me puede decir qué hora es?". Ella creyó que mi intención era cortejarla y me pagó un dólar con cincuenta para que desistiera de mi programa. Le dije que yo no era ningún indigente y que mi único interés era saber la hora del día. Ella replicó que mi aseveración (que yo no era un indigente) era debatible, y que si un dólar cincuenta era una cantidad insuficiente para sacudirme de su lado, ella estaba dispuesta a ofrecer una suma mayor, con tal que esta no excediera US$10. Cuando le respondí que no quería su dinero ella metió la mano en la cartera, sacó una lata de aerosol de pimienta y me la descargó en la cara, calmadamente informándome que había intentado por todos los medios que las cosas no pasaran a mayores, pero que yo no había cooperado. Mientras me revolcaba en el suelo frotándome los ojos ardidos, otras mujeres que pasaban por allí me escupían y vilipendiaban. Entonces un oficial del orden público se me acercó y me arrestó; los cargos eran perturbación de la paz y asalto sexual. El martes pasado caminaba por el parque; era mediodía, alegres familias por doquier, volantines, heladeros... Entonces una hermosa mujer que por allí venía azuzó en mi contra al Gran Danés que la acompañaba; más tarde, en la sala de emergencias, alegó que yo tenía una pinta sospechosa y que lo mejor era precaver. Las prostitutas no quieren negociar conmigo y hasta prefieren irse a los navajazos con el chulo que las obligue a hacerme el amor. Hace un mes decidí poner fin a mi terrible situación de celibato involuntario y compré una muñeca inflable con el propósito de exprimir en ella mis ansiedades. Teníamos una estupenda relación y todo iba a las mil maravillas.

Pero tuve que dejarla un par de días atrás. Me contagió la gonorrea, tan puta.

§1.3. No existen ocasiones especiales que tengan la virtud de enfatizar cuán desgraciado soy mejor que las fiestas y los ágapes. Para empezar, casi nunca me invitan, y cuando me invitan, los anfitriones acaban deseando nunca haberme invitado y me maldicen. He tenido la oportunidad de asistir a fiestas informales donde todos bailan y se divierten de lo lindo mientras yo me paseo tropezando con sofás sin que nadie me haga caso o me ponga conversación. Una vez, en una de estas fiestas, me gustó una muchacha y cuando me le acercaba para hablarle resbalé. Alguien había derramado su Midori Sour en el piso y yo, tratando de restablecer el balance perdido, efectué innumerables muecas y figuras de baile y volteretas que no lograron otra cosa sino catapultarme con mayor momentum sobre la muchacha que me había gustado. Grotescamente la abofeteé con mi sobaco izquierdo, con la mano derecha me sujeté de sus nalgas para no caerme y apoyé todo mi peso en su pie izquierdo, cuyo pulgar destruí con el taco de mi zapato. Todos creyeron que me había vuelto loco y que había empezado a mortificar a la gente. Salí de allí esposado, escoltado por la policía. A la muchacha le tuvieron que amputar el pie; el padre semanalmente pasa frente a mi casa en su Cutlass Supreme y tirotea la fachada con el objetivo de quitarme la vida. Hay otras fiestas en que todos beben hasta perder las inhibiciones y entregarse a una saturnal obscena. Esas veces por más que me esfuerzo bebiendo no logro cultivar siquiera un mareo y quedo excluido de la orgía a causa de mi cabalidad inquebrantable. En una de esas ocasiones acabé por fingir una gran embriaguez, elegí a la bacante más promiscua y le di un beso. Inmediatamente la mujer se desembriagó y a voz de cuello pidió a su novio, que copulaba con un amigo en la sala. Éste acudió y ella me denunció. La escenita suscitó un grave tejemeneje y uno a uno todos los festejantes se tornaron circunspectos, aproximándose para escuchar. Alguien dijo: "Éste ya pescó su merluza" y me tildaron de abusador, de excesivo, de lujurioso y de alcohólatra al tiempo que el novio de la besada me arrastraba hasta la calle halándome por los cabellos, como a un perro. Pero también sucede que voy a fiestas formales, donde personas de rancio abolengo y austeros modales departen. En estas ocasiones no hago más que probar un sorbo de jugo de guayaba y me embarga una intoxicación tan fragorosa que termino bailando encima de las mesas, me cago en la bandeja de los *ors d'ouvres y* les enseño mis genitales a las ancianas. Conque también me maldicen y me sacan y dan parte a las autoridades.

§1.4. De pequeño era más desgraciado todavía y las madres de mi vecindario prohibían a sus hijos que jugaran conmigo. Y todo porque yo era un desgraciado y ellos no. Yo estaba proscrito de cualquier actividad deportiva y los policías que patrullaban las canchas y diamantes tenían permiso de dispararme a matar si me veían por allí. Me llamaban descomunal y me odiaban porque cada vez que participaba de algún juego incitaba de alguna forma tales entusiasmos e instintos asesinos que la ciudad amanecía ardiendo y las estribaciones de los suburbios eran vandalizadas y saqueadas. Una vez, al principio, me dejaron pertenecer a un equipo de béisbol. Estábamos en la décima entrada y necesitábamos una carrera para ganar. Era mi turno al bate y conecté lo que me pareció un cuadrangular. Cuando terminé de correr las bases y llegué a home, los árbitros me amarraron y me azotaron. No había sido un cuadrangular, sino un foul ball. El batazo había sido lo suficientemente recio como para matar a una señora que estaba sentada en las gradas, justo antes de que le diera el primer mordisco a un pastellillo de queso. Otra vez maté a un catcher accidentalmente porque el swing del bate me salió muy largo y los espectadores querían ver mi sangre correr en venganza. También pertenecí a un equipo de baloncesto, pero equivocaba a menudo el canasto y terminaba ganando el juego a favor del equipo contrario. Tampoco querían que participara en juegos de mesa como las damas, las barajas o el ajedrez, porque se había propagado la especie de que si estaba yo, alguien siempre salía herido, no importa qué juego estuvieran jugando. Llegué a tener un *kit* de química, lo cual me agenció la amistad de algunos niños curiosos. Pero uno de los experimentos salió mal y causé la muerte de uno de ellos y la ceguera total del resto. Y cuando fui a las casas de los que se habían quedado ciegos para ofrecerles la pomada que les devolvería la vista, sus padres dieron potentes alaridos y rompieron el frasco de la pomada diciendo que era veneno y me apedrearon y me preguntaron que por qué yo quería asesinarlos. Lo mismo me pasó cuando fui a llevarle a los papas del muerto unas píldoras que servirían para resucitarlo. También me maldecían porque yo siempre salía ileso y no me moría y me iba al infierno.

§1.5. Un maldito desgraciado como yo no debe tener mascotas, de eso pueden estar seguros. Porque los animales olfatean la desgracia y el desastre y se inquietan o enardecen con el instinto de querer sobrevivirlos, que es lo mismo que decir que buscan sobrevivirme a toda costa, porque yo soy la desgracia y el desastre encarnados. Tenía un loro al que por todos los medios posibles intenté enseñar a hablar. Le repetía palabras pero él se negaba a complacerme porque me odiaba e intuía que yo era un malaventurado y una persona siniestra. Entonces opté por excluirme del proceso y le ponía discos para que aprendiera canciones y nada. Un día me recibió diciendo: "Come here you fucking slut", y al sol de hoy no columbro dónde y cómo aprendió a ser soez en inglés. Después tuve una gata que se comió al loro y que entraba a la casa sólo cuando le era apremiante defecar y orinar. Más tarde rescaté a un cachorrito callejero que de adulto me pagó la cortesía comiéndose el meñique de mi mano derecha una vez que cometí la fechoría de acariciarlo.

§1.6. La desgracia me llevó al extremo de solicitar una posición de fenómeno en un circo rodante. Pero los monstruos se negaron a recibirme. La mujer gorda vomitó al verme, la niña emplumada se puso histérica, el hombre de dos cabezas murió de un infarto y varios enanos me agredieron. Amanecí en la cárcel.

§1.7. Soy un malaventurado inigualable y estoy convencido de que Dios me guarda especial inquina.

§1.8. Yo nunca conocía mi padre y ésta es, acaso, la razón de todos mis infortunios. A mí me criaron unos delegados suyos que me raptaron apenas cortado mi ombligo y me transfirieron de emergencia a la cápsula kriphioterdoformecon cinta gravitacional suspendida donde transcurrieron mis primeros años de infancia. Cuando calcularon que era llegado el tiempo mis tutores volvieron a casa de mi madre justo cuando paría la segunda y esencial parte de mi organismo: el cubo terocoidal clorofílico de ángulo carbólico resplandeciente. Lo colocaron en un termo especializado y en pocos minutos lo injertaban en la axila central de mi tronco neuroglicémico alterno. Todo estaba listo y de inmediato empecé a pupar. Los delegados de mi padre se encargaron de modular el clima y la presión de mi cámara oblonga, y de nutrirme de acuerdo con las exigencias que caracterizaban a cada una de mis fases de crecimiento. Nunca me faltó nada, pero amor no sabían dar aquellas máquinas que había enviado mi padre a velar por mí. Mientras estuve confinado en el ambiente paradisíaco de mi singular domicilio yo era una criatura magnífica y la coprosíntesis fotógena que a tan corta edad completaba yo a partir de proteínas elementales era índice de lo bien que me iría en la fabulosa transformación final que daría principio a mi vida de individuo adulto. Pero me rebelé contra mis nanas y maldije a mi padre ausente. Huí al exterior en busca de mi madre y las diferencias atmosféricas me convirtieron en el desperdicio malhadado que soy. Logré dar con la autora de mis días al cabo de unos meses. Se llama Emma, un zancajo francés que trabaja en una barra topless de la capital y que se tuvo que ir de su pueblo por puta y por desgraciada. Nuestro encuentro fue lamentable. Mi propia madre me desprecia. Mi desarrollo, afortunadamente, no se ha visto afectado, a pesar de la mala alimentación y las condiciones adversas. Dentro de muy poco septuplicaré mi tamaño y anonadaré la superficie de este mundo desplegando kilómetros y kilómetros de papilas digestivas.

Historia de un diálogo inútil

Un caballero entró en el café atestado. Con gran desasosiego se resignó a compartir la mesa que un solitario caballero ocupaba al borde de la plazoleta. El solitario caballero no presentó ningún inconveniente y el caballero se sentó. Y he aquí que ambos caballeros bebían y leían el periódico sin mirarse ni dirigirse una palabra. Pero el caballero tuvo escrúpulos de estar allí sentado sin darle conversación al solitario caballero. En realidad le agradaba estar así, en paz, leyendo su diario y saboreando su café, pero la presencia de otra persona en la misma mesa imponía un silencio molesto, un silencio indeciso, un silencio balanceado, un silencio en vilo que manchaba la serenidad con que leería la prensa y gustaría su café si estuviera solo; pensaba que el solitario caballero pensaba que sería cortés proponer un tema. Entonces vio en el periódico la reseña de un novedoso espectáculo: un hombre, merced a sus poderes hipnóticos, hacía que las personas ladrasen como perros, mayasen como gatos, silbasen como peces o se estuvieran tan tiesos como varas de ausubo. El artículo añadía que este hombre mostraba tener también un probada dote telepática, es decir, que leía los pensamientos. El caballero lo consideró todo una farsa y decidió comunicar su escepticismo al solitario caballero, que ocultaba su rostro tras el periódico.

— No sé cómo piense usted, pero yo...

— Yo tampoco creo en la telepatía— lo interrumpió el solitario caballero, sin asomarse.

HISTORIA QUE ILUSTRA LA MANERA O VÍA POR LA CUAL ALFONSO FRAILE ESTÁ PRESENTE EN EL MUNDO A RAZÓN DE CORTAS TEMPORADAS Y NO SIEMPRE, SEGÚN TENÍAMOS ENTENDIDO ALGUNOS QUE ERA EL CASO

Alfonso Fraile despertó una mañana algo azorado; entendió que había muerto durante la noche y que estaba en el Infierno. Lejos de quebrantar su buen ánimo, este contratiempo estimuló su habitual curiosidad, de modo que se apresuró a explorar el nuevo entorno. Su primera observación reveló que la geografía del mundo infernal coincidía punto por punto con la geografía del mundo terreno, si bien se echaba de ver que los objetos que en el mundo terreno se consumen en el aburrimiento de lo inánime, en el Infierno contraen la incertidumbre de lo que está ligeramente inclinado y supuran una extraña fascinación. Un armario común, por ejemplo, consiste de un relieve común de armario; el relieve de un armario infernal se diluye en el relieve de todas las formas posibles; su aspecto, si es que alguno tiene, prueba ser intolerable... Los objetos infernales, concluyó don Alfonso, están agazapados en sí mismos, no con la rigidez de un artefacto inevitable, sino con las fluctuaciones de un animal que acecha. Dilucidado este particular, Alfonso Fraile creyó oportuno dirigir su examen hacia otros misterios.

Castigos, castigados y castigadores constituían ahora su mayor motivo de perplejidad. Ansiaba tropezarse con algún demonio, a fin de apreciarlo detenidamente, y habría que ver cuán defraudado se sintió al averiguar que, desde hacía mucho, todos los demonios del Infierno habían renegado de Satán y desertado. Conoció más: que luego de reincorporárseles al Reino del Cielo, estos ángeles arrepentidos se agruparon en cuadrillas que aún hoy son vinculadas a la denuncia y execradas. Una peculiar circunstancia favorece esta marginación, y es que, debido al prolongado destierro, su originario lenguaje angelical degeneró en un dialecto tan entresijado que ni sus antiguos consocios podrán algún día entenderlos ni ellos aspiran a recuperar su dicción primera. El único que permanecía fiel al berrinche era Satanás, príncipe de la discrepancia, pero aun así no quiso fomentar la determinación de enfrentársele; según se sabía, apenas abandonaba un su refugio secreto.

Los castigos aplicados en el Infierno aparentan carecer del rigor que el mito suele conferirles. Alfonso

Fraile no hubo de explayar demasiados razonamientos para inteligir que la ilusoria levedad de los castigos corresponde al castigo mismo. Por espantosa que sea, el horror de la reprimenda jamás podrá elevarse por encima del horror de estar convencido de que es imposible que la reprimenda sea tan horrible y de albergar eternamente la eternamente frustrada esperanza de que en algún momento el castigo ha de reducirse a su justa severidad. Esto es lo que dijo Alfonso Fraile.

Por otro lado, las condenas infernales son verdaderamente divertidas (para el que no las padece). Dentro de las más curiosas, se destaca la forma en que los golosos saldan su culpa. No los tortura el hambre; los domina el capricho de llevarse algo a la boca. Son libres de visitar restaurantes, quioscos, buffets y nada les impide ordenar cuanto quieran. La mesa siempre está puesta para ellos y de la cocina soplan los aromas de las verduras que se cuecen y de la carne que se rostiza. Pero los torpes mozos rompen las fuentes y derraman el vino; algunos infinitamente olvidan algo en la cocina y nunca regresan; otros entregan la orden al cliente equivocado, que la acoge con gusto, y en ocasiones los mismos cocineros engullen el pedido. Los golosos están condenados a aguardar enardecidos ante una mesa que siempre están a punto de servir y nunca sirven.

Del mismo modo, los avaros son atormentados por las urgencias de una defección que nunca tiene lugar y los mediocres (sí, todos los mediocres van al Infierno), que con la muerte adquieren la disposición al esfuerzo que nunca los visitó en vida, son dotados de una inepcia sin límites. El pene de los hombres lascivos sólo recobra el tamaño del sosiego ante dos situaciones: cualquier tentativa de masturbación y las más mínima transacción conducente al coito. Las mujeres lujuriosas albergan en sus cuerpos un feto de nueve meses que nunca nace.

Estos y otros variados castigos identificó y catalogó Alfonso Fraile, y nadie sabe cuántos más habría analizado si su atención no hubiera sido distraída por una novedad maravillosa: la eternidad de la ultratumba. No obstante, su actual condición de espíritu eterno lo cautivó menos que un repentino escrúpulo de tipo dialéctico relacionado con la perennidad de las almas. Para don Alfonso, esta concepción encerraba un equívoco fundamental. Argüía que por eternidad debe entenderse la duración de un ser que excluye todo comienzo, fin o sucesión, y si bien es cierto que tanto las víctimas de la Reprobación como los agasajados por la Salvación desconocerán el término de sus dichas o desdichas, es también correcto aseverar que ni unos ni otros desconocieron el principio de esas dichas o desdichas. Las almas de los hombres no gozan de la Vida Eterna, pues sólo son eternas las cosas que siempre lo han sido; las almas de los hombres ingresan a una vida perdurable que no siempre disfrutaron. La eternidad no permite ninguna comparación con los acontecimientos temporales, a los que no precede, acompaña ni sigue. Y Alfonso Fraile no podía explicarse por qué la sentía gravitar sobre la cotidianidad del Infierno.

La madrugada de un día cualquiera le despejó la inteligencia y dio con la verdad. La razón y la costumbre, afirmó, tienden a distinguir la muerte como el último y fatal aditivo de la vida. Alfonso Fraile comprendió que todo sucede al revés: es la vida el elemento foráneo que modifica la plácida eternidad de los muertos. Los condenados siempre han sufrido y sufrirán los suplicios del Infierno y los bienaventurados siempre han gozado y gozarán las delicias del Paraíso. Pero esa eternidad se ve interrumpida en ocasiones por tramos corroídos en los que las almas tropiezan y se sumergen. Las almas participan entonces de la vida, que no pasa de ser un sueño en el que un condenado o un bienaventurado justifica su estadía desde siempre y para siempre en el recinto que le ataña. Es decir, que, en sueños, los condenados recurren a las fechorías que les valgan el Infierno que han poblado desde siempre y los bienaventurados, en sueños, tienen oportunidad de practicar las virtudes que les merezcan el Cielo que desde siempre han disfrutado. En este punto Alfonso Fraile empezó a extrañar a sus amigos.

Muchos se preguntarán cuál es el pecado que sueña Alfonso Fraile y de qué forma lo paga. Les respondo que Alfonso Fraile es vejado por ser un curioso irreverente. Su castigo consiste en ser capaz de conocerlo todo respecto al Infierno menos la condena que le toca. Su condena es no saber que la condena que le toca es no saber la condena que le toca. Esto, por supuesto, él no lo sabe y no lo sabrá nunca.

Historia de otro diálogo inútil

Juro que no veo conflicto en alguna parte. Tu dilema pertenece menos al reino de lo insoluble que al gobierno de la histeria. Si no sabes cómo abordar una historia cuyo argumento ya aprehendes, en lugar de debatir en solitario el lugar do de has de reunir a los personajes, la estación del año, la hora, la circunstancia inicial, las palabras introductorias, en fin, toda la maquinaria espúrea que sirve de aderezo o condimento propedéutico al verdadero propósito de la narración, deja que el discurso se desplome de golpe, sin aviso y desde la nada. Creo que a esto lo llaman los académicos *"comenzar in media res"*, aunque puedo estar equivocado.

— No puedes vivir sin tus latines— dijo Boscán, luego sorbió su café, se quemó y me enseñó sus ojos como si yo hubiera sido el responsable (¿ya lo sospechaba?).

— Yo no sé latín— aseguró Horacio. Yo lo consolé diciendo que no se perdía de gran cosa. Pánfilo masticaba sus pistachos con fruición, pero pudo decir:

— De todo solamente. Pero eso no es mucho. De cualquier modo, Pedro tiene razón: si no sabes por dónde empezar, empieza por donde sepas y listo. Tampoco tienes que saber latín para eso.

— Imbécil— propinó Boscán—, *in media res* quiere decir, *en medio del asunto*. En lugar de inaugurar el discurso de los hechos, el principio de la historia intercepta los hechos en pleno transcurso, absteniéndose de transcribir un fundamento de precedencias causales. El principio de la historia llega tarde, por así decirlo, al principio de los hechos, e irrumpe en su progreso inercial, cuyo germen accionador podemos inferir, no leer.

— Alguien ha referido que tal fue el primer día del cosmos— comenté. — En todo caso, podría ser argüido que dentro una sucesión o concatenación de eventos, cualquier momento es el primero de la serie.

— Eso sí lo sé y entiendo— dijo Horacio, nunca supimos si por lo que dijo Boscán o por lo que yo dije. Bebió cerveza.

— A veces dices verdaderos disparates, Cabiya— dijo Boscán. — Tu proposición se cancela a sí misma.

— Si yo quisiera escribir la historia de este día— persistí, ignorando la refutación de Boscán—, *in media res,* comenzaría narrando lo sucedido desde el momento en que te dije que no veía lo insalvable de tu problema en adelante y dejaría en la sombra nuestro paseo por la feria, las insensateces de Pánfilo, la pendencia de Boscán con el vendedor de vejigas, tu suceso con la mujer barbuda... a propósito, ¿eran barbas postizas o reales?

— Reales.

— Puerco.

— Déjalo, Boscán— defendió Pánfilo—. Te carcome la envidia y lo sabes. Y tú, Pedro, ¿por qué no entraste a la caseta?

— Nadie mejor que tú para saber que ese tipo de bochinches me pone demasiado nervioso.

— Nadie mejor que tú para saber que es un sofisticado— corrigió Boscán. En esto llegó otra vez el mozo, renovó la bebida y colmó de pistachos el cuenco de Pánfilo. Entraron unas mujeres. Eran hermosas y traían vejigas de colores en las manos. Venían de la feria.

— Deben venir de la feria—, dijo Horacio.

— Yo quiero, ahora, hurgar los motivos que te conducen a pensar de esa manera y de una vez determinar el calibre de tu perspicacia: ¿será porque traen vejigas de colores, justo como las que vendían en la feria?— fulminó Boscán. Yo quise divertirme y agregué:

— Si por las vejigas, Horacio, infieres que vienen de la feria, por su belleza, ¿de dónde proceden?

— Eso— comentó Pánfilo, sin tregua—, habrá que preguntárselo a ellas mismas; tal criterio excede, creo, las habilidades del propio Horacio.

— Pues, voy a preguntárselo— dijo Horacio, enojado.

— Recuerda hacerlo en español. No creo que esas muchachas entiendan latín— aconsejó Boscán. Horacio no se movía. Bebió cerveza. Esperábamos.

—¿Y bien?—, dijo cualquiera de nosotros que no era Horacio. En ese momento, las señoritas, que habían encendido unos cigarrillos, reventaron las vejigas aproximándoles la punta encandilada. Imagino que el sobresalto les proporcionaba un espectáculo gracioso. Horacio dijo entonces algo conmovedor.

— Supongo que ahora esas mujeres no vienen de la feria.

— Supones mal—, dijo Boscán. Pánfilo, espantado, había dejado de masticar los frutos. La estupidez de Horacio era maravillosa, porque erraba de una manera inteligente y nueva. Una de las muchachas me estaba mirando y yo la miraba. Cuando abandoné el requiebro me enteré de que el comentario de Horacio había generado una disputa interesante. Yo entré en ella *in media res,* casi.

— ... es válido hasta cierto punto— estregó Pánfilo— Nada vincula a estas mujeres, de manera actual y certificable, con la feria. Han mutado, se han convertido en mujeres que no fueron a la feria o, al menos, en mujeres de las que no es enteramente cierto decir: "todas las mujeres de esa mesa son mujeres que vienen de la feria".

— Eso no era válido decirlo aun cuando tenían las vejigas en las manos— dije—. Esa es una afirmación atinente a categorías que requiere mucha más evidencia que no sólo globitos de color.

— Mi querido Cabiya, pierdes el tiempo rebuscando tus argumentos— dijo Boscán—. El absurdo de Pánfilo sacrifica el hecho de que ya hemos visto las malditas vejigas a favor del trajín filosófico de sus razonamientos y busca volverlo todo chuchería metafísica. Que las vejigas ya no estén no significa que no estuvieron y mucho menos que nosotros mismos no las certificamos. La experiencia de los hechos transcurridos puede relacionar eventos tan firmemente como una experiencia inmediata de los hechos que transcurren. ¡Todo se vendría abajo si no!

— La verdad es, amigo mío— dije—, que nuestra experiencia inmediata nos muestra, si muestra algo, a un grupo de mujeres con las manos vacías que no están en la feria. Que no tienen nada en las manos lo sabemos porque nada les vemos; que no están en la feria lo sabemos porque están aquí y esto no es la feria, que yo sepa. Ahora bien, nuestra experiencia precedente nos mostró, alguna vez, a un grupo de mujeres que jugaban con unas cuantas vejigas de colores y que, además, no estaban en la feria. Que jugaban con sus vejigas fue algo que todos vimos. Que no estaban en la feria, también, porque estaban aquí y esto, hasta donde yo columbro y veo, es un café y puede que hasta cafetería. Y resulta que en ninguna de nuestras experiencias se registra la defendida visita de las mujeres a la feria. Pánfilo dice que nada vincula a las mujeres con la feria; perfecto, ni las vincula ahora, ni las vincularon nunca las vejigas, que les pudieron haber regalado unos donjuanes menos perezosos que nosotros. Boscán dice que la experiencia de los hechos sucedidos posee una virtud asociativa; y ello es cierto, pues en este caso relaciona un estímulo visual gerundio (estamos viendo a las mujeres) con un recuerdo (vimos a las mujeres). La diferencia entre ambos es simple: tenían vejigas, ahora no tienen. De ninguna manera la diferencia estriba en que estaban en la feria y ahora están en un café.

— ¡Mozo!— gritó Horacio. Las mujeres, decepcionadas, partieron, ostensiblemente. Pánfilo quiso explicarse y explicar a Horacio.

— Quieres, Pedro, omitir la angustiosa consecuencia que emerge de la suposición de nuestro amigo. Horacio confiere al signo un carácter creador. Establece una relación de identidad fenomenológica entre la actualidad del signo y la actualidad de su posible referente. Desaparecido el signo, es decir, obsoleto, caduca su vigencia sobre la sucesión temporal de los eventos, desaparece la existencia potencial de su referente posible. Esas vejigas no representaban, *eran* la feria portátil de esas muchachas, aun cuando, y sobre todo si, la inferencia de que regresaban de la feria porque tenían vejigas coloreadas en las manos era cuestionable. El signo se constituye entonces como único factor determinante, cuya funcionalidad se manifiesta sólo en el presente, de cualquier evento pasado. El pasado no existe. La palabra "pasado" entraña la idea de un presente desde el cual se investiga una situación pretérita. Esa situación, empero, no es actual en sí misma, no puede coexistir con el presente sino por medio de signos. Todo, incluso el pasado, sucede en el presente. Destruido el signo, con él se desintegra el pasado.

— No veo en ello razón para desasosegarse tan gratuitamente— dije.

— Sí que habría— soltó Boscán—. Habría que aterrorizarse de que felizmente sumerjan un suceso tan claro en una agua tan turbia. Aquellas vejigas *eran* las que vendían en la feria, aquellas mujeres *tenían* esas vejigas; las mujeres, pues, *estaban* en la feria. Que hayan reventado las vejigas no cambia el hecho de que las tenían cuando entraron y de que probablemente, muy, muy probablemente, las obtuvieron en la feria. ¡Maldición! ¿Y si les hubiéramos preguntado si venían de la feria y hubieran asentido? La inferencia torna en dato cierto; nada ni nadie cambiaría ya el pasado. ¿Qué signo habría que se destruya que destruyera también el pasado? ¿Qué tal si vemos entrar ahora mismo a un hombre calado que sacude un paraguas? ¿No estaría garantizada nuestra suposición de que llueve afuera?

— Desafortunado Boscán— comenté—, tu ejemplo no es conmensurable. Además, en tu fárrago no haces sino jugar con variables y hasta cierto punto refuerzas lo dicho por Pánfilo. Si les hubieras preguntado a las muchachas si venían de la feria y ellas te hubieran contestado que sí, regresas a la mesa y confirmas que estaban en la feria, no has hecho otra cosa que suplantar las vejigas de colores de las muchachas por un "sí" de las muchachas. Tanto lo uno como lo otro es signo y en mi opinión igualmente desconfiables. Si las hubieses visto con tus propios ojos en la feria, tu memoria se convierte, entonces, en el signo. No tienes escapatoria.

— Yo no recuerdo haberlas visto en la feria— dijo Horacio. Llegó el mozo y yo pedí licor, Boscán café, Pánfilo soda y Horacio cerveza. Lo mismo para cada quién. Y cada quien dio un sorbo de lo suyo. Y Boscán reanudó la contienda diciendo:

— De manera que todo es signo.

— Aunque me da que a una de ellas la vi participar en aquel juego del ciempiés— dijo Horacio.

— Así es— dijo Panfilo, nadie sabe si por lo que dijo Horacio o por lo que dijo Boscán.

— Lamentablemente. Lo digo porque, al contrario de Pánfilo, no atribuyo al signo tanta eficiencia. Ustedes coinciden en adjudicarle a las vejigas un nivel equitativo con "feria", de forma que testimonian la ida allá de las niñas; están en desacuerdo en cuanto al factor determinante del signo sobre la temporalidad de la materia. Advierte que yo coincido con esto último, y por ello estoy en desacuerdo con la eficiencia del signo como evidencia de nada. El signo es la metáfora de la realidad, necesaria, porque el hombre nunca se ha atrevido a mirarla a la cara, a su cara verdadera. Hablamos por medio de metáforas. El lenguaje es un sistema rígido de metáforas que substituyen al mundo. Y todo, absolutamente, es lenguaje. La civilización es lenguaje. Todo lo que existe se reduce a la versión ficticia, manejable, que el hombre construye de la realidad. Una vaquería, por ejemplo, es una mentira de queso, empezando por que nos hartamos con la secreción a un cuadrúpedo que nada tiene que ver con nuestra especie y terminando por que entre la vaca y nosotros media la domesticación, la maquinaria, la pasteurización, el envase. Una vaquería es una Naturaleza embustera fabricada por el hombre; es lenguaje, es un signo que falsea la realidad y que no representa nada. Su función no es la de substituir un objeto real, si algo hay en el mundo que pueda recibir ese título, sino la de usurpar el supuesto y sólo posible *darse* de un fantasma hipotético coordinado por los sentidos. Cuando hablamos de algo, no hablamos de nada real; una conversación es un cúmulo de signos vacíos que remiten a la ficción que el hombre ha producido para lidiar con una realidad que no quiere enfrentar, que no entiende y a la que no se acostumbra.

Cuando un hombre habla, habla de su invención; todo discurso es un discurso epistemológico. El lenguaje es una criatura vanidosa que habla de sí misma.

— Supongo que no estarás preparado para negar que funciona como sistema, que refiere o coincide con la realidad— pidió Pánfilo.

— Sí— dije—. El lenguaje, para colmo, reconoce varias realidades, dialectos personales. Quiero contarles una anécdota. Como saben, soy antillano. Mi patria es una de las islas del archipiélago puertorriqueño. Vivo en la Capital, o bien, en las inmediaciones. Este hecho no me agobia tanto, porque no soy capitalino. Es decir, crecí lejos de los centros urbanos, los cuales vine a conocer tarde en mi vida. Tampoco soy rural, aunque estuve siempre más cerca del campo que de la ciudad. En pocas palabras, señores, yo me crié en una urbanización. Ni el campo ni la ciudad abogan para mí en favor de ningún misterio, son parte de mi cotidianidad, de mi rutina y obran en mí un aburrimiento de materia familiar. Mis compañeros y amistades, con menos suerte, crecieron en el corazón de la gran urbe y allí transcurrió gran parte de sus vidas. Para ellos el campo no pasa de ser una comarca primitiva y extraña. Recuerdo que una vez los llevé de excursión. Después de agotar veredas, ríos, selvas y pequeños pueblos, nos detuvimos en un negocio de cocos fríos. (En mi país solemos beber el agua del coco directamente de la nuez.) Pedí cocos para todos. Allí no había lenguaje; entre el agua de la nuez y la garganta mediaba la inevitabilidad natural del coco; la realidad era así y era aquella. Al menos eso pensaba yo. En medio de la felicidad uno de ellos dijo: "Esto es bien campesino". Los demás lo apoyaron con síes complacientes. Hasta ese momento yo había jurado que todos estábamos bebiendo agua de coco; tarde comprendí que el único que estaba bebiendo agua de coco era yo. Los demás se habían embarcado en una aventura embriagadora. Jugaban a ser rústicos; para ellos, tener un coco pelado entre las manos y beber su agua mantecosa era lo mismo que un viaje a la prehistoria. Se sentían exploradores que sobreviven a toda costa, que están a punto de expirar y de pronto vencen la cruda naturaleza, mondan un coco, sacian la sed con su agua y triunfan. (¡El coco lo había pelado el vendedor!) Beber agua de coco los hacía sentirse valerosos, incansables, emprendedores y perseverantes. Exóticos y orgullosos. Los imaginé jactándose ante sus familias: "A mí que nadie me hable de aventuras ni de peligros ni de riesgos; yo he bebido agua de coco". Ese era el significado de aquellas palabras.

— Es como dice mi madre— se animó Horacio—: "Para algunos el matrimonio es el Paraíso; para mí, un Calvario".

— Interesante— dije—, yo encuentro que los maridos son un invento de la sociedad para abochornar a las esposas en las fiestas. Quizá tu madre estaría de acuerdo conmigo.

— Eres un extremista— dijo Boscán.
— Soy un hombre de mi época— contesté.
— A nadie le gusta un extremista.

— El gusto por los extremos— agregué—, de este nuestro desdichado siglo lo corrobora el deleznable sentido que la generalidad le ha dado a la palabra "mediocre", que toma directamente del *mediocritas* aristotélico; el admirable y apetecible "justo medio". La realidad, por su parte, se maneja así; siempre presentando pedazos de opuesta naturaleza.

— Te equivocas— dijo Pánfilo—, la naturaleza conoce una mitad justa, indefinible. Recuerdo haber visto en la feria, antes de que llegaran, al hombre calabaza. Tenía una cabeza apabullante, pero no tenía forma de calabaza.

— Te estafaron— rió Horacio.

— No— explicó Pánfilo—. Todos los espectadores salimos consternados. Le decían el hombre calabaza, no porque tuviera una cabeza en forma de calabaza, sino porque su cabeza estaba a punto de parecer una calabaza real, blanda y anaranjada, aunque no en ese momento. Era como si en cualquier otro momento su cabeza fuera a estallar en una asombrosa semejanza de calabaza. Su cabeza quería ser una calabaza y no podía, porque era una cabeza demasiado normal, demasiado común y corriente. Era intolerable.

— Creo entenderte— dije.

— ¿De veras?

— Sí. Recuerdo algo que en cierta ocasión me dijo Alfonso Fraile...— llegué a comentar pero me interrumpió una secuencia de gruñidos disidentes por parte de mis amigos.

— Apareció tarde pero seguro— dijo Pánfilo—.¿De qué bolsillo lo sacas cuando menos uno se lo espera?

— Eres el comentarista de Alfonso Fraile— afirmó Boscán—. Lo citas hasta para pedirle el teléfono a las solteras. ¿Sabes que hartas con esa costumbre tan descalabrada? Cuando no es un latinajo, es Alfonso Fraile.

—¿Quién es Alfonso Fraile?— se maravilló Horacio.

— Nadie— respondí—. Podría identificar, sin embargo, a una turba de rufianes sentados en una mesa conmigo.

— En fin— mencionó Boscán—, ¿qué dijo el viejo?

— Una borrachera acerca de que él ya estaba en el Infierno y que el mundo, el espacio y sus estrellas, esta copa y su licor, los caballos y yo y todo eran un sueño vago en el que reincidía periódicamente para consolarse y convencerse de que es un puto, hampón o delincuente que recibe su justo merecido.

—¿Y qué tiene que ver eso con lo que te digo?

— Alfonso Fraile asegura que los objetos del Infierno están siempre al borde de ser otros objetos; están de continuo a punto de dar el salto y no lo dan. Pero puedes ver que están preparados para darlo, que lo darán en cualquier momento y eso basta para darles una calidad demoníaca. Yo le insinué que acaso lo observado en los objetos infernales era menos una cualidad propia de los objetos que una exaltación infernal de los sentidos. Lo mismo te digo a tí ahora. En cualquier caso, tu experiencia fue sobrenatural.

— Dirás mi experiencia y la de todos los que allí estaban— corrigió Pánfilo.

—¿Y qué diablos sabes tú de lo que experimentaron todos los que allí estaban?— pregunté yo.

— Sé a dónde vas— intimidó Boscán y reveló a Pánfilo una burla de conmiseración—. Creo, Pánfilo, que en tu fárrago no haces sino jugar con variables".

— Correcto— aseguré—. Te he enseñado a dudar de los signos visibles, aun de aquellos que vienen unificados por el sayo pordiosero de la convención, y todavía insistes en confiar en el signo más oculto y traicionero de todos: el Otro, de quien pregonó aquel santo de Hipona en el LIB. IV, CAP. XIV, N. 2 de sus *Confesiones,* que "muy más fáciles son de contar sus cabellos que no sus afectos y los movimientos de su corazón".

—¡Derrítete, prevaricador, publicador de ebriedades, frangollador de embelecos!— tronó Pánfilo o Boscán—. ¡El trato social obedece a un convenio más rígido que los estatutos que administran el lenguaje!

— El trato social *es* lenguaje— dije, humilde. Horacio bebía cerveza y trataba de silbar una tonada. Boscán y Pánfilo se ofuscaron. Pánfilo tranquilizó a Boscán.

— No hay que tomarlo muy en serio, ¿sabes? Es un truhán reputado de enjaretar, embuñegar, vilificar, entresijar y revolver la polémica más deleitable con tal de mortificar y contravenir. Contesta mi pregunta, don Pedro Cabiya o don Sarna Ad Hoc, ¿acaso no reconoces a una persona triste cuando la ves? La cara lleva inscrita signos identificables; el llanto, el ceño y la cabeza gacha señalan a una persona compungida, por ejemplo.

— O bien señalan al llanto, al ceño y a la cabeza gacha que dices como signos establecidos para decir "una persona compungida", jamás para decir la tristeza experimentada por la persona; la tristeza experimentada por la persona es inalcanzable.

— Loco, ¿te estás oyendo? ¡Niegas la posibilidad de la comunicación en cualquiera de sus formas!— alarmó Boscán.

— Niego la existencia de un referente fuera del propio signo. Las manzanas, una mesa, el sol, la baraja, un truhán, los anillos del árbol, el mar, son imaginaciones que coinciden con los sonidos "las manzanas", "una mesa", "el sol", "la baraja", "un truhán", "los anillos del árbol", "el mar". Pero estas imaginaciones o conceptos, a su vez, son los borborigmos que nuestra inteligencia poética suscita para substituir la tambaleante percepción de "algo allá afuera" que no se deja capturar. Si cuando digo "abeja" todos nos imaginamos el mismo insecto, es debido a nuestra mutua sintonía poética, no a una correspondencia de nuestros sentidos con la realidad. Esto se agrava cuando el signo es el hombre. No podemos escudriñar la realidad, pero el misterio que la rodea solo posee relieve ante el escrutinio de un alma advertida. La realidad es un misterio para un hombre, un hombre es un misterio para otro hombre, y decir, como el idiota de Descartes, que un hombre no es un misterio para sí mismo, es una tontería, y acaso una coincidencia. Me parece, sólo me parece que sé quién soy. Me parece también, a consecuencia de lo anterior, que soy capaz de atestiguar mi propia existencia. Pero en realidad, mi identidad es un rosario de conjeturas débilmente encadenadas. Yo soy un testimonio provisional, y surjo de ese testimonio porque yo no soy ni puedo ser nada ni nadie más que yo mismo. Yo soy la capacidad de ser testigo de la capacidad de ser testigo que soy. Por más que te desahogues conmigo, Pánfilo, el "Tú" central, íntimo y secreto, es incomunicable, nadie puede ni podrá nunca "saber" tu tristeza, tu enojo o tu delirio, nadie puede atestiguar que, ahí dentro, hay "Tú".

— Eso es porquería cartesiana, aunque lo desestimes— dijo Boscán.

— Admitirás, no obstante, que puedo guiar de manera efectiva al "otro" para que, de alguna forma, se haga una idea aproximada que le permita formular un juicio concorde— quiso Panfilo. Hablé.

— Yo trabajé en un circo de Jayuya por el espacio de algunos años. Pertenecía yo al gremio más vil, alcohólico y deprimente de aquel espectáculo rodante.

— Domador— tanteó Pánfilo.

— No— dije.

— Acróbata— exclamó Boscán, cínico.

— No— dije. — Payaso.

Se conmiseraron en silencio. Ninguno ejerció la crueldad de burlarse. Yo proseguí:

— Nadie sabía quién era "yo", pero sí sabían o creían, que yo era un payaso más. Al final de la jornada terminaba sudado, con el maquillaje diluido, corrupto y triste de tanto haberme reído sin ganas, igual al resto. Se me pudrió el alma, se me incrementaron las perversiones, se me rompieron las expectativas, me encallecieron las manos, se me ensució la lengua. Un día, en el almuerzo, que consistía de queso de hoja y ron pitorro, los payasos, borrachos, con los jubones y trapos arlequinescos todavía encima, empezaron a alardear de las mujeres que se habían llevado a la cama en las últimas semanas. Todo era mentira. Pero la cosa degeneró hasta convertirse en un vocerío confesional acerca del modo en que habían perdido la virginidad aquellos seres desgraciados con las caras pintadas. Y estaban tan borrachos que dijeron la verdad. Se habló de prostitutas ruines, de matronas estentóreas, de nanas consentidoras, de habitaciones destartaladas, de cunetas, de tabernas, de yerbazales, de casas parroquiales, de incesto, de violación, de pescozones amorosos. Las edades no pasaban nunca de los trece años. Yo inventé una historia acorde, una historia creíble y precoz, una historia que coincidiera con mi apariencia de animal decadente y sin destino, con la esencia de pierrot que me suponía aquella gente con certidumbre inconsulta. La creyeron, la celebraron, confirmaron lo que ya defendían: yo era un cualquiera corriente con una historia cualquiera. ¿Quién de ellos hubiera creído que "yo" había perdido mi virginidad a los dieciocho años, en un crucero fluvial Sheraton que surcaba las aguas plácidas del Nilo, desde Luxor hasta Asuán, en el camarote de una irlandesa flamígera que me cortejó sin tregua y protagonizó conmigo una historia de amor casi fílmica adornada por el polvoriento Bazaar de El Cairo, la sombra inservible del templo de Karnak, los coches hastiados de Edfu, la tumba de Tut Ankh Amon, las pirámides, el desierto, los camellos, los dátiles, el calor sin humedad, y que culminó en la pileta del barco, anclado a orillas de un poblacho siniestro, donde nos besamos y provocamos la grita de la zahorria del muelle para luego trasladarnos, en la oscuridad de la noche, asustados por las fogatas que encendían las gentes a la orilla del río y fascinados por los enormes peces blancos que ganaban velocidad a la par con el barco, hasta la blandura de su cama en primera clase? ¿Quién no se hubiera reído de mí si les hubiera dicho que luego desembarcamos en Asuán y regresamos a El Cairo en un tren ensordecedor, besándonos en los corredores y atisbando el Egipto nocturno que extendía su acechanza más allá de los ventanales, que nos hospedamos en el Mena House y ordenamos servicio al cuarto y esa noche no quiso hacer el amor conmigo y yo conocí que estaba comprometida, y que en la madrugada del día siguiente abordamos un vuelo a París, que en el aeropuerto De Gaulle nos despedimos, porque ella iba a permanecer unas semanas en esa ciudad y yo debía partir para América, y que yo le dije que la amaba afectado por lo que me había hecho conocer, lo cual no pudo haber sido más estúpido, pero tampoco más cierto, y que al fin ella pisó la correa mecánica y se alejó de mí sin caminar, y que esa misma tarde, de acuerdo con los rimbombantes titulares de un noticiario televisivo que nos pusieron en el terminal de British Airways, fue ultimada a balazos durante un tiroteo que tuvo lugar cerca de la Avenue des Gourgaudes, entre agentes del Servicio Secreto Británico, asistidos por tres unidades especiales de la Interpol, y un brazo del IRA que operaba en Francia y al cual pertenecía la mujer que me había desvirgado.

— Fascinante— dijo Pánfilo.

— Y verídico— dije yo. Debo confesar, no obstante, que de la última parte no estaba tan seguro: la muchacha que me había mirado desde la otra mesa, al principio de esta real historia, tenía un gran parecido con la muchacha de mi aventura. Tampoco era la primera vez que la había visto ese día; Horacio no se equivocó cuando creyó haberla identificado con la mujer exultante en el *ride* del ciempiés. — Pero nadie lo hubiera creído. Ninguna vejiga de color delataba mi verdadera historia, antes la desviaba, la contradecía. Sin embargo ahí estaba "yo", y entre ese hombre que "yo" era y aquel que había sido se inmiscuía una continuidad que nos vinculaba irremediablemente, aunque nadie lo hubiera sospechado viéndome. La comunicación es materia de fe. Soy materialista y se me da muy mal esta virtud. En lo que a mí respecta, éste es un diálogo inútil.

— Entonces cállate de una vez— dijo Boscán, enfurecido.

— Yo perdí la virginidad a los doce años— aportó Horacio. Lo miramos con incredulidad, pero él estaba absorto, como si en ese mismo instante estuviera recapitulando la experiencia en su memoria, y no nos prestó atención. Entonces dijo:

— Nunca olvidaré a ese barbero.

Hicimos como que no oímos. Panfilo masticaba un pensamiento. No tenía pistachos. Dijo:

— Es interesante tu concepto de la incomunicación, o "descomunicación". De repente me seduce la posible historia de un hombre y una mujer que hacen el amor toda la vida y jamás se enteran o se enteran a medias.

— Posible y ridícula— reí—, por no decir aburrida.

— Tú estás seguro de que existes, si bien a medias— tardó Horacio—, pero no estás convencido, no puedes estarlo, de que yo existo. Pero yo sí estoy seguro de que existo y no de que tú existes.

— Estás muy seguro, sí— me divertí—, pero, ¿qué tal si eres un simple personaje literario que yo invento y en el que inculco precisamente esa seguridad tan prolija? Nuestra amistad, el café, tu cerveza, esta conversación pueden no ser más que el producto de mi voluntad creativa o editorial, según vaya el negocio. Sea como sea, ¿qué eres tú sino una representación cerebral de estímulos sensoriales que sabrá Dios si funcionan cabalmente?

— En ese caso— concluyó brillantemente Horacio, admitiría que el Universo es tuyo, o tu creación, o tú mismo, y podrías hacer lo que te plazca en él y con él.

— Anjá— rió Pánfilo—. Como hacer que se coagulara en aquel rincón un elefante africano.

— Podría suscitar un elefante africano en el lugar que dices— confirmé.

— Por Dios, Pedro, no es necesario que te humilles más de la cuenta— imploró Boscán. Yo abandoné la idea, pues, dije para mí, no había por qué complicar tanto las cosas en este punto metiendo un elefante africano en las estrecheces de nuestro recinto; ¿para qué el destrozo? ¿qué diría el dueño? Teníamos hambre. Pedimos algo del fiambre en el mostrador. Mientras el camarero acomodaba los platos en la mesa, mis amigos iban pescando con las manos los comestibles y engullendo. De mejores modales y mayor discreción, yo esperaba que todo estuviera listo para entonces comenzar. Con la boca llena, Boscán se burló de mí.

— Así que nadie sabe ni puede saber nada de nadie. Yo podría ser un rey, el rey de Moscovia, y ustedes una fila de plebeyos irreverentes merecedores de excusa y no castigo, si por mí indulgencia estatuyo y acuerdo que sencillamente ignoraban departir con la realeza.

— En efecto— dije—. De donde se sigue que todo argumento es argucia y la conjetura más bruñida, endeble pavimento que cruza de la imaginación a la nada. Toda pesquisa, acto o contacto que extienda su negocio más allá del municipio autorizado y concreto de una pura reflexión mental, y pretenda dejarse conducir por la experiencia de un mundo que vagamente nos refieren los sentidos, es vana esperanza religiosa. Ustedes, por ejemplo, han comido estos guisos confiando a ciegas en que este muchacho no los ha envenenado a hurtacordel.

No bien hube dicho esto último, el mozo, que juzgó averiguada o adivinada su felonía, emprendió la fuga. Mis pobres comensales tuvieron apenas tiempo de preguntarse por qué se precipitaba cuando ya la muerte los compungía, aniquilándoles el espíritu con estertores y sacudimientos, para luego arrumbarlos sobre los caldos y el pan recién horneado. Yo quise evitar líos y escapé antes que arribaran las autoridades. Alfonso Fraile me ocultó en su casa varios días, hasta que mermó la novedad del suceso.

Quieren las malas lenguas decir que yo soborné al mozo para que emponzoñara las vituallas y que esta malevolencia me la dictó la codicia de ganar la discusión sobre mis compañeros. No creo necesario defender que se trata de una calumnia urdida por mis detractores. A mí la policía no ha podido probarme nada. Digo que soy objeto de una patraña infamatoria.

Historia de un breve reinado

La reina tuvo un hijo. El rey lo tomó en brazos y vio que era un hermoso y saludable bebé. Lo amó, lo proclamó príncipe de príncipes y aseguró que su reinado sería eterno. Para ello determinó que su heredero jamás conocería la mecánica de las horas, horas recogidas en días, días agrupados en semanas, semanas acumuladas por meses, meses almacenados en años, años hospedados en siglos, siglos... pues consideró que bastaba renunciar a todas estas convenciones para acabar con la noción de que los eventos se suceden. De manera que ordenó destruir todos los relojes, quemar todos los almanaques, fundir todas las campanas, degollar todos los astrónomos y astrólogos. Tampoco olvidó desterrar del idioma el futuro y el pretérito verbal y las palabras "hoy", "mañana", "ayer", "después", "tarde", "ahora", "noche", etcétera. Y así, el joven príncipe creció en perfecta ignorancia de estos conceptos.

Pero de nada le valió al rey que su hijo desconociera lo que él se sabía al dedillo; ni la vejez ni la muerte le prodigaron exenciones y el príncipe ascendió al trono en medio de músicas y hermosas doncellas. Esa mañana se organizó el séquito, la pompa, la carroza y el desfile con los que el rey intemporal festejaría la vigencia de la eternidad sobre la región. Y las gentes rompieron las puertas y las ventanas de sus casas para que no existiera nada que impidiera que la inmortalidad que repartía el rey anidara en sus propiedades, para que el humo de la eternidad pudiera entrar sin tocar, para que todo se llenara del aire sin horas, de la brisa detenida, del oxígeno frío, estéril y purificado de tiempo que regalaba el rey; y muchos en su afán derribaron los muros para que no cupieran dudas de que en sus casas se respiraba el olor de las cosas recién coladas de la precariedad de los días y que sobre sus ropas se había asentado el perfume del único hombre sobre la tierra que omitía el principio de la sucesión de los hechos. Y así era la verdad; el ingenuo rey jamás conoció el anochecer de ese día. Su recorrido se vio obstaculizado por un laberinto de edificaciones pasadas, presentes y futuras, y en los angostos pasajes de ese laberinto lo ensordeció el clamor de los muertos, de los vivos, de los hombres y mujeres venideros. Horrorizado, atestiguó el nacimiento, el deceso y el reemplazo de los integrantes de su guardia personal, o los vio sucumbir a un centenar de atentados, triunfar sobre las huestes enemigas, desertar en momentos de crisis o caer sobre la desarticulada osamenta de los caballos podridos. Oyó el estampido de todas las tormentas, remolinos y aguaceros que azotaron, azotaban y azotarían la región y más de una vez sus dedos atravesaron el bello rostro de una muchacha como si acariciaran la niebla. De vuelta se halló solo; su palacio había sido devastado por las hordas de invasores, pero cuando llegó a su aposento la erosión de muchos siglos había ya encubierto con su destrozo el destrozo de los ejércitos bárbaros. Desde su ventana, el joven rey vio el sol y la luna hermanados en un mismo cielo; sobre la tierra vio los cimientos derruidos de una ciudad muy antigua y una selva negligente cernirse poco a poco sobre las cosas.

Historia cómica de dos que se enamoraron a primera vista, o slapstick filosófico que discute los pormenores de la extraña relación entre dos personas que hacían el amor sin darse cuenta

Sería bueno comenzar esta graciosa historia hablando un poco acerca de nuestros protagonistas y de la relación que entre ellos existía previo a la noche en que se quisieron tanto. Comencemos por decir que en los meses de verano unos distinguidos señores y señoras acostumbraban reunirse en la casa campestre de aquél que, señalado por el azar de la lotería, la cedía para sus huéspedes. A Dios gracias, no recaía sobre el desdichado anfitrión la responsabilidad de su mantenimiento: cada invitado llevaba consigo lo mejor de su servidumbre habitual, que de inmediato se acoplaba colaborando entre sí con agradable camaradería. Tal proveía mucamas tan silenciosas que eran casi transparentes; otro, recaderos veloces como el rayo; aquel, un dócil mayordomo; y así, hasta el último contribuía con los más eficientes palafreneros, coperos, mozas, mozos, espoliques, lazarillos, doncellas, rodrigones, gobernantas, lavanderas, fregatrices... Mientras duraba el festejo y la molicie, aquélla era la casa perfecta.

Dieron las seis en un día de junio. Se reunieron los veraneantes; la rifa les otorgó el honor de disponer de la espaciosa casa de un Mr. Franz Boaz y de inmediato se efectuó la repartición de los quehaceres, muy similar a la de años anteriores con la excepción de dos variantes debidas a dos recientes y ventajosas adquisiciones. La señora Matías aportaba la cocinera; Sylvia era su nombre. El jardinero corría por cuenta de don Héctor Sáenz y se llamaba Lorenzo. Estos son los dos amantes. Él no carecía de atractivos. Ella era hermosa.

En este punto describiría la hermosura de nuestra alegre cocinerita si no estuviera convencido de que, así produjera mil páginas de exactitud pictórica, mis voluntariosos lectores harán lo que quieran de ella y aún los lectores más sumisos, no sin un grave sentimiento de culpa, claudicarán ante la tentación de modificar mi descripción según sus gustos. De manera que les ahorraré palabras inútiles a unos y remordimientos al resto. Extiendo mi permiso para que la cocinera sea como prefieran; lo mismo vale, lectoras, para Lorenzo. Me parece que hasta aquí todo va de maravilla.

Ahora bien; estas señoras y señores se las arreglaban para enviar sus empleados meritorios a la casa designada con varios días de anticipo, a fin de aderezarla y ponerla en condición de recibirles. Allí, el mayordomo escogido los hacía enfilar, les recordaba a todos sus respectivas tareas y entregaba a cada jefe de obras los asistentes necesarios. ¿Se conocían nuestros queridos? En absoluto. Habían llegado al lugar por separado, no tropezaron al entrar y cuando se organizó la escuadra en el patio formaron filas distintas. El mayordomo los recibió a todos, comenzó a repartir la ayuda y en poco tiempo le informaba a Sylvia, encargada de los alimentos, que dispondría de tres domésticas.

— Necesitaré una más—, replicó ella. El mayordomo accedió. Lorenzo quiso conocer a quién pertenecía aquella linda vocecita; buscó; dio con la cocinera. Experimentó un estremecimiento, pero ella no lo vio. El mayordomo entonces indicó a Lorenzo que recibiría seis gañanes que lo considerarían capitán jardinero. Lorenzo respondió: — Cinco bastan.

El mayordomo dijo que sí. Sylvia oyó la voz y no pudo evitar averiguar de dónde salía. Cuando vio a Lorenzo sintió erizársele la piel. Él no se dio cuenta. Conviene advertir que esta peculiar operación de mirar sin mirarse había bastado para enamorarlos. Los días que siguieron a ese día los vieron practicar una conducta similar a la de aquel primer momento. Aquí comienza la historia.

Los vacacionistas llegaron el tercer día, encontraron todo en óptimo estado, alguien puso un disco, la casa crujió de animación. En medio de la juerga Sylvia y Lorenzo buscaban el modo de espiarse con dulzura. Si Lorenzo escardaba una glorieta de alisos, la atención que dedicaba a su faena tendía a recordarle que descuidaba el parterre de genciana que crecía junto al ventanal de la cocina. Al parterre entonces y una vez allí estudiaba como sin querer y de refilón el método de la alegre cocinera que removía el salcocho de la tarde, ella misma removiéndose y meneándose al ritmo de una melodía popular. Y justo cuando un vericueto del baile amagaba con ponerlos de frente, una voz la reclamaba al interior de la vivienda. O acaso era Sylvia la que destazaba una yuca, tostaba cajuiles o majaba plátanos y en medio de la labor saltaba con que había que desplumar el gallo y corría a desplumarlo allí donde pudiera ver de cerca cómo Lorenzo plantaba una lonjeta de cebollinos. Pero cuando era seguro que Lorenzo daría con ella (unas plumas llovieron sobre las hojas), el coronel Mateo Anglada le decía:

— Buen trabajo—, y le contaba que en su casa tenía un hermoso jardín de guisantes de olor... Cuando uno de ellos observaba al otro éste no se enteraba nunca de que era observado.

Pero la ingeniería del romance no funciona a base de observaciones aisladas; es necesario que el observado se haga copartícipe de su observación y que la observación de cada observador se nutra de saberse observado. El romance es la pluralidad del egoísmo, el tortuoso sendero que recorre la propia vanidad a través de una perspectiva exterior, la recompensa mercenaria con que cada observador paga al otro por una observación halagadora. Eso en cuanto al romance. El amor, por el contrario, necesita que el repertorio de elementos en juego sea muy limitado, que la observación que se establezca esté exenta de sedimentos o impurezas que puedan contaminar el objeto observado; basta la intimidad de un observador y un objeto observado para lograr la fluidez de un examen en singular en el que sólo sobreviva lo observado, entendido, acorralado, clasificado, reteniendo toda su identidad de objeto independiente, no de objeto que se sabe observado y menos de objeto que observa. Puede verse con claridad cómo la situación de nuestros protagonistas poco propiciaba el romance, pero mucho fomentaba el amor. Pero entonces, ¿de qué forma podrán *quererse?* A estas alturas dudo que la impaciencia conduzca a algo; dentro de poco verán de qué forma, una noche, al cabo de muy graciosas circunstancias, nuestros muchachos logran mucho más que *quererse*.

Examinemos los hechos. En primer lugar, no hay manera de sofocar la noción de que el romance es el deducible inevitable del amor. Todos parecen ignorar que para obtener uno es necesario romper un poco el otro, cascarlo como un huevo, desovillarlo, lograr en él una superficie facetada, pero homogénea. Nuestros amigos no merecen un trato especial en este respecto. Pero para lograr el codiciado romance, uno de los dos debía, asumido el papel de observador, informarle al otro su condición de observado. ¿Pero cuál?

Lorenzo era un hombre cuidadoso. En él, todo intercambio con el mundo sensible daba lugar a una cautela infinita, al cálculo. Sus actos respondían a una lenta y meticulosa deliberación y si de ellos muy bien puede decirse que eran tardíos, verdad era que no los había más certeros. Se resignaba fácilmente, por lo cual tenía todo el tiempo del mundo para dudar. Desconfiaba de los sistemas, sobre todo de los suyos y si insistía en ellos era debido menos al interés de conseguir la finiquitación de un objetivo concreto que para satisfacer el capricho de una curiosidad sofisticada. Lorenzo huía de lo aparente porque apetecía lo esencial y a toda costa hurtaba su participación en la fantasmagoría con un análisis interminable que lo acercara a la verdad fundamental del objeto. Si se había enamorado de Sylvia probablemente no movería un dedo para remediarlo, pero menos para actuar correspondientemente, pues confiaría en que el curso natural de las cosas resolviera favorablemente el asunto sin su ayuda. Y si no sucedía así, poco importaba. Era insensible a la desilusión; también eso podía esperar.

Sylvia, por el contrario, era una mujer ágil y buena, dueña de un temperamento alerta y una desenvoltura sin trabas. Poseía un intelecto rítmico; apresuraba conclusiones que no se cuidaba en demostrar y las expresaba con desenfado. Su belleza dejaba de importarle en la medida en que podía inmiscuirse en sus proyectos, aunque no osaba olvidarla. Todas sus acciones obedecían al ejercicio de una voluntad desprovista de la más mínima congestión. Errar no era un problema, pues hallaría una solución al error tan velozmente como había errado. Ella era la indicada para desencadenar la contienda y así lo decidió un día.

Hacía calor. El sol relevaba en las cosas del jardín la fijeza mineral que el frío les había impuesto durante la noche, impartiéndoles una expansión respiratoria. Ser vivo que mudaba de lugar, ser vivo que dejaba en la localidad abandonada una sombra de transpiración. Desde la cocina Sylvia vio a Lorenzo con sus hombres trabajando en una cuadra alejada. Tomó un cuchillo afilado; rebanó un melón, apartó un pedazo y salió a su encuentro.

— Hola, Lorenzo. Estaba yo en la cocina maldiciendo este calor de los mil diablos cuando lo vi trabajando al descubierto y sin nadie que lo atienda. Deduje que debía estar sufriendo más que yo, que no me ocupo a la intemperie, las inconveniencias de un clima tan despiadado y pensé que esto lo aliviaría—, dijo, ofreciéndole el melón. Como por acuerdo, cinco sudorosos gañanes interrumpieron sus labores y miraron a Lorenzo con envidia. De buena gana le habrían apaleado y arrebatado aquel refresco.

— Como supongo que se la pasará aquí todo el día, prosiguió ella—, más tarde, si quiere, le traigo otro pedazo.

— Gracias— dijo él. Aceptó la fruta y no dijo nada más. Ella todavía esperó un momento, no se le ocurrió qué otra cosa decir y se fue.

Había por lo menos doscientos metros de calurosa inclemencia desde la puerta de la cocina al arriate de ciclamen sobre el que se afanaban los labriegos; la cocinera los había recorrido llevando en una bandeja el generoso corte de melón que entre una peonada de seis había destinado a Lorenzo sin otra obligación que la de su propia iniciativa, y él no había concluido nada de todo esto, o si lo había hecho, la conclusión pasaba ahora a una exhaustiva fase de verificación. Y es que para dejar de ser un imbécil hace falta tener la disposición a creerse afortunado. Por otro lado, su exceso de prudencia le prohibía hacer uso de su derecho a interpretar. Una sóla cosa podría vencer su escepticismo: la exactitud. Por muy tendenciosas que pudieran parecernos las insinuaciones de Sylvia, Lorenzo sólo reaccionaría a un discurso escueto, ordenado y libre de metáforas; toda aquella jitanjáfora del calor y los melones adolecía de vaguedad y la vaguedad sólo conseguiría propalar en él un esforzado elenco de razonamientos y divagaciones. Pronto apareció una rival con la precisión necesaria.

Al igual que la cocinera a su servicio, la señora Laura Matías había centrado sobre Lorenzo la mayor parte de su atención y no la habría desviado por ningún motivo. Un cuarto de hora después que Sylvia llevara a cabo su vacilante ofertorio, la señora Matías salió al jardín, vio a Lorenzo trabajando bajo el sol con el torso desnudo y decidió poner fin a sus torturas aquel mismo día. Sylvia, por su parte, creyó oportuno hacer entrega de aquel segundo pedazo de melón que había prometido, confiando en que esta vez obtendría mejores resultados. Pero al llegar allí se encontró con que su ama le había tomado la delantera y se escondió detrás de un seto.

— Jardinero— oyó que le decía—, entre un caramelo y usted poca diferencia existe. Por lo que me toca, dudo mucho que pueda confundírseme con un zancajo y confío en que algo similar le dictará su criterio. Si difiere, hasta luego y listo. Pero si se diera el caso de que concuerda, no veo por qué no podamos sacar provecho a nuestra mutua simpatía acostándonos juntos.

Tal y como ella misma había establecido, la señora Matías no estaba nada reprobable y Lorenzo, que era honrado, así se lo informó.

— Ni usted ni su idea me parecen del todo malas, sino muy buenas y sabrosas. ¿En qué quedamos?

—¿Le cuadra esta noche?

—Me cuadra.

—Hasta esta noche entonces.

Eso fue todo; la señora Matías se fue y Lorenzo reemprendió su labor. Sylvia se desplomó entristecida. Poco después se arrebujó entre unas plantas de sanseviera que en aquel lugar formaban un bosquete y tuvo que morderse los bordes del delantal para que nadie notara que la vencía el llanto. Lorenzo alcanzó a oír los gemidos y los confundió con un amorío de aves.

Sucedió que un viento frío comenzó a soplar de pronto y violentas nubes de lluvia oscurecieron el cielo. Se desató una tormenta. Todas las cosas buscaron guarecerse del tumultuoso aguacero; menos Lorenzo. Bendijo la llegada del agua y practicó alrededor de la rosaleda unos canales que él mismo había ideado, con el propósito de confirmar su utilidad. Fracasaron. Regresó a la casa, calado. Alguien hizo notar que venía. Alguien envió por toallas. Sylvia corrió a cumplir y se le enfrentó. Cuando él la vio, recordó la cita y se maldijo. Ella consideró irremediable decir algo y dijo:

—Va a pescar un resfriado.

Él respondió:

—Lo sé—, y estornudó. Lo tomó la fiebre. Lo llevaron a la cama; don Héctor Sáenz, su patrón, le propinó una reprimenda, pero hizo llamar al médico. El médico se negó a salir bajo la tempestad. Lorenzo era muy querido y sus compañeros sirvientes le prodigaban mil cuidados; entre ellos también estaba Sylvia. Verla estimuló su esperanza de que quizá su enfermedad lo libraría del compromiso. En esto, entró un recadero y le entregó un billete; era de la señora Matías y estaba formulado en estos términos:

Con gripe o sin gripe, allá voy.
L.M.

Lorenzo sintió que podía enamorarse de aquella deliciosa concisión. Esbozó una sonrisa. Sylvia supo que todo estaba perdido. Anocheció.

El último borracho se fue a dormir. No cesó de llover. La temperatura de Lorenzo aumentaba y aunque ya lo aturdía el delirio se obligó a permanecer cabal para recibir cabalmente a su amante. "Que hermosa es Sylvia, la cocinera", pensó y pensando en ella se durmió. Sylvia se desvelaba. Decidió hacer un último intento; fue a la cocina y preparó un caldo. "Ahora se lo llevo y que Dios se conduela de mí", dijo y se encaminó a la alcoba de Lorenzo.

Todo estaba a oscuras. Lorenzo se despertó al oír abrirse la puerta. Todavía retenía en la memoria una límpida imagen de Sylvia. "¡Afuera!", se dijo, desechándola, "Y a hacerle el amor concienzudamente a la linda señora Matías".

— ¿Quién llega?— preguntó a las tinieblas.

— Yo—, respondió una voz.

— Por fin— reprochó él. Sylvia avanzó con cautela, llevando un plato sopero en las manos. Intuyó la cabecera, se detuvo. Lorenzo pensó otra vez en Sylvia y no pudo evitar decir, "Tengo fiebre", procurando que el tono no importara deserción.

— Lo sé. Por eso le traje este caldo...

Pero Lorenzo, para que no cupiera ninguna duda, la rodeó por la cintura y la atrajo hacia sí.

— Échese acá, besémonos.

Sylvia apenas tuvo tiempo para poner el caldo sobre el velador y apresurarse a obedecer.

— ¿Qué hace?—, preguntó.

— Yo... en realidad...

— Suelte.

— No—, y continuaba él besándola y ella dejándose besar. Lorenzo, que ya estaba desnudo, se opuso a la desfachatez con que el vestido de Sylvia se mezclaba en lo que poco podía importarle y, arguyendo que dos son compañía, pero tres son multitud, determinó deshacerse de la prenda. Sylvia sintió las manos del jardinero multiplicarse sobre su cuerpo, comprendió a qué se debía y propuso una tregua.

— Espere. Regreso de inmediato.

— ¿A qué se refiere?

— A que me voy por un momento.

— Soy un desdichado; esto fue todo; ya me quiere abandonar.

— Eso no es verdad.

— Quédese entonces—, dijo él y trató de retenerla. Ella se zafó.

— Le juro por Cristo crucificado que regresaré—, aseguró ella, que era muy devota. Salió al corredor y corroboró el sueño de los criados; nada había encendido. Su ama aún se estaría preparando para el encuentro. Más confiada, regresó. Corrió el cerrojo. Ablandado por la confusión de la fiebre, Lorenzo lloraba.

— No llore, aquí estoy.

— ¡Volvió!

— Sí.

— Venga— dijo, y ella fue. Había dejado de llover; la noche era templada. Voló el vestido y Lorenzo tuvo una idea .

— Me parece— dijo, sin dejar de besarla—, que usted también se ha calado allá afuera y pescado un resfriado, pues la noto muy afiebrada y tupida. No quisiera alarmarla, pero voy a tener que aplicarle el termómetro.

— Perfecto— convino ella—, aunque no veo en qué pueda aprovecharnos; usted mismo puede constatar que me estoy muriendo de fiebre.

— En estos casos lo mejor es estar seguros— replicó él, colocándole el instrumento.

— ¡Ay!—, hizo ella, que, efectivamente, estaba muy calenturienta. Habiéndose tomado la temperatura por largo rato, Lorenzo declaró:

— Creo que es hora de retirar el termómetro y consultar la verdad o la falacia de nuestras aprensiones.

— Insensato— advirtió ella—, ¿acaso no sabe que para adquirir una lectura fiel de mi condición, el termómetro debe permanecer en su sitio el tiempo suficiente?

— En verdad le digo— respondió él—, que no le falta razón, pero no debemos olvidar que es necesario permitir que el termómetro repose para que se asiente la sustancia, recobre el vigor perdido y se prepare para ensayar un segundo cotejo.

— Estoy de acuerdo con usted— dijo Sylvia. Reposaron y a poco de reposar reanudaron la pesquisa. Después se quedaron dormidos. Sylvia hablaba en sueños; Lorenzo se despertó y logró capturar la última frase de un complicado soliloquio: *En el fondo de los oscuros valles discurre el agua y el carbón.* Alguien con el intelecto menos moroso habría vislumbrado en estas palabras la verdadera identidad de la mujer que las decía. Lorenzo se volvió a dormir, invadido por un misterioso temor. Él no solía soñar y menos frecuentemente solía hablar en sueños, pero aquella noche se agitó como si soñara. Sylvia despertó y le oyó decir desde muy lejos: *Los pájaros alegres, las algas y la tierra de por medio.* La velocidad del pensamiento de Sylvia pasó por alto la desolación premonitiva de la sentencia; si le hubiera dedicado tiempo y reflexión, antes del amanecer hubiera leído en ella su futuro y el de Lorenzo. No se volvió a dormir. Abrió las ventanas; afuera, la noche parecía un lago.

El resto de la historia es un epílogo prescindible. A vuelo de pájaro digamos que Sylvia abandonó la habitación antes que la delatara la luz. Añadamos que puso todo en orden y que deliberadamente permitió que el caldo, sobre el velador, sirviera de testimonio. La señora Matías había acudido a la cita, pero el pestillo de la puerta estaba corrido. Madrugó con el propósito de regañar a Lorenzo. Se detuvo al ver el caldo. Lo probó. "¡Sylvia!", dijo entredientes. Corrió hasta el dormitorio de la cocinera y la despidió. Más tarde habló con don Héctor Sáenz y difamó a Lorenzo. Ninguno de los dos estuvo desempleado por más de un par de minutos. El coronel Mateo Anglada contrató al jardinero no bien don Héctor Sáenz lo despidiera, y doña Cecilia Enjuto Rangel acogió a la cocinera en cuanto supo que estaba libre.

Acaba la fiesta y cada quien para su casa. El próximo año, lo mismo. La experiencia pasada, no obstante, ha hecho de Lorenzo un hombre menos cuidadoso. Preferirá errar a perder otra vez la oportunidad que le brinda su buena suerte. Sylvia, por el contrario, entiende que lo sucedido propone otra lección y cae víctima de la excesiva prudencia. Otra vez se ven. El turno es de Lorenzo. Sylvia no quiere meter la pata de nuevo. Bla, bla, bla, el coronel Mateo Anglada también quiere a la cocinera. Sylvia está de acuerdo, movida por la excitada ternura que suscita el acto de entregarse a una persona queriendo a otra. Se acobarda a última hora y bebe para soportar lo que ya no puede eludir. Lorenzo se adelanta a su patrón y disfruta con Sylvia hasta la madrugada. Hablan en sueños, igual que el año pasado, etcétera. Nunca dos personas se habían amado tanto. Envejecerían juntos sin que niguno de los dos se diera cuenta, porque la simetría infernal en la que estaban atrapados se repetiría anualmente. Hasta que vine yo y nadie pudo negar el parecido...

Historia del amor II

A es igual a B.
— A es igual a A.
— A no puede ser igual A; si A fuera igual A, X no sería proporcional a J, a menos que quieras cambiar de opinión.
— Yo nunca he dicho que X es proporcional a J. Jamás.
— No, pero se infiere de la relación que quieres establecer entre A y A , y negar entre A y B.
— Por el amor de Dios, no me hagas reír. Tú sólo mantienes esa relación entre A y B porque al hacerlo invalidas la función de Z en A, ya que A no encaja en tu perspectiva de O, que pide que si A es igual a A entonces A no es igual T^6, y ya sabemos que para tí T^6 es tangencial a U_{98}, proporcional a B y perpendicular a Y.

— No puedo creer que hayas mezclado a Y en esto.

— ¿Por qué iba yo a olvidarme de Y? Precisamente a causa de Y es que contra toda lógica afirmas que O y *A* modifican a x^2.

— Nada de eso se desprende de mis aseveraciones. Es una locura.

— Claro, es una locura ahora que H° cancela el vínculo entre...

Historia de tu madre

Humberto había decidido marcharse cuando la vio. Lozana y tierna debajo de la farola, bañada de la luz triste y llorona que la anunciaba única en un círculo perfecto. Tenía las carnes embutidas en una sempiterna de asco fabricada con pliegues de distintos vestidos cosidos vilmente y decorada con múltiples medallas y esclavas, y rematada en las hombreras por dos ridículos galones de general. Humberto estacionó el auto fascinado por el esplendor tranquilo de la mujerzuela, pero no fue sino en el acto de bajar la ventanilla que descubrió el artificio de la luz. De cerca aquella mujer recobraba toda su contundente realidad con un golpe brusco, desnuda de la niebla amarillenta del farolito compañero. Era una mujer de edad, de facciones amplias y rudas, surcada de hondas líneas forzosamente disimuladas con el retoque, y con el sello inconfundible del amaso y el martillo de los innumerables amantes inciertos que la encontraron en el camino como un tropiezo ineludible, ofreciendo el sosiego más antiguo de todo organismo vivo a quizá un precio no muy alto. Humberto consiguió sobreponerse a la turbación momentánea, controló el acceso de pavor que le ganaba el gesto y dulcemente posó la mano en la manija de la ventana.

— Perdone, señora— balbuceó, descuidando en el último instante un resto de confusión, girando la manija, distorsionando el cuerpo abigarrado de la mujer a medida que subía la ventanilla lentamente.

— Problema grande el tuyo— gritó la mujer con más tristeza que reproche—, de tanto buscar algo mejor, te lo vas a perder.

Humberto detuvo el ascenso gradual del vidrio, no tanto por el desprecio del comentario, sino por la inmensa desolación con que articuló la sentencia: entornando los ojos mientras lo decía, como si fuera a llorar, tratando sin éxito de ocultar la resquebrajadura que le cuarteó la voz y el temblor senil que surcó la carne agolpada debajo del cuello. En lugar de huir despavorido lejos de aquella terrible súplica silenciosa y olvidarse del chasco cruel en el terso regazo de una puta joven, le indicó a la mujer que entrara con ademanes inapelables y nerviosos. La mujer alcanzó la puerta con un regodeo bamboleante y pesado, acompañado del crujir armónico de las duras telas miserables. Con una altivez de caricatura abrió la portezuela y depositó su gastada mole de compraventa en el forro aterciopelado del asiento. La pequeña estancia se impregnó de una fragancia calcinante, un olor agotador que contenía en sí la extraña virtud de ser percibido en la piel a modo de numerosos pellizcos gentiles. Humberto reconoció en el aroma el calentón que emana de las lágrimas mezcladas con el cosmético facial y demás ungüentos (ya desde joven lo dejaba perplejo aquella reacción química desconcertante, las muchas veces que bailaba y las obligaba a sentirse, pobres colegialas tímidas, y emergía temerario aquel vahído agridulce, y él las consolaba diciendo que aquello era natural y bajo ningún concepto motivo para ponerse a llorar), y lo sintió más punzante cuando la mujer se le acercó para verle la cara.

— Eres un chiquillo— dijo sin acento, y un aliento de humo, de cenicero, de incendio o carbón hizo que Humberto se apartara con una brusquedad de animal bien despierto. Ella regresó a su lugar y Humberto emprendió la marcha. Pensó que no sería mala idea hacer como los grandes hombres que llevan las putas a las casas y les dan dinero sin exigir servicio alguno. Decidió que al menos por esa noche podría prescindir de la calma color tortuga, del amor con gusto a mugre, tan dulce y tan barato, y fue en el proceso de decidir que se preguntó por primera vez desde que se detuvo junto al farol, exactamente qué hacía aquella matrona merma y anciana sentada a su lado en el asiento del automóvil.

— Dobla a la izquierda cuando alcances la tapia— indicó la mujer mientras miraba atentamente los pantalones de Humberto, mientras pensaba en la piel debajo de los pantalones de Humberto, el pliegue eréctil que protuberaba de algún lugar conocido en el extenso mar debajo y en la piel de Humberto. Estiró la mano y encontró sin dificultad la región esquiva que buscaba, y ya estaba zafando el cierre cuando Humberto la sacudió lejos de sí, y la mujer tembló ante la violencia y la sorpresa que le produjo el envión.

— Déjeme conducir. Ya habrá tiempo para esas cosas.

— ¡Ah! Quisquilloso. Me lo esperaba, te juro que me lo esperaba.

Apenas salía la luna, apenas quería ser un resplandor mate insinuándose por encima de los viejos dormitorios y los altos de los escasos comercios cerrados. Antes de llegar a la casa la mujer se vació en un torrente quejumbroso acerca del error en que estaba sumida la juventud de esos tiempos, que era mejor en su época, que se hacía donde fuera, como fuera y con quien fuera, no habían escatimaciones contra los viejos y ya antes de la adolescencia un varoncito bien cortado sabía todo acerca del amor, y no era gracias a una selección aséptica y escrupulosa, si no a sacrificadas mujerzuelas como ella que le servían incondicionalmente de trapo, de muñeca viva, de barro palpitante, de segunda madre, o matrona, o puta, como quisieran llamarle a la raza exangüe de mujeres que han servido de pilar a un mundo malagradecido con su infatigable labor en la pedagogía del amor, y que tantos insultos ha tenido que aguantarse, y que ha sido embadurnada con el lodo sagaz de incontables oprobios, y cuando llegaron a la casucha de madera, traspasada por la humedad y el musgo, superpuesta en una cadena inagotable de casas de parcela, Humberto no supo cómo sacar dinero del bolsillo, ponérselo en la mano y caminar con suficiente dignidad hasta el auto (sin flaquear siquiera en el pensamiento, sin perder la postura ni dejarse menguar por la confusión, mucho menos languidecer ante la obvia superioridad de la tristísima mujer junto con su parloteo desquiciante, al menos hasta llegar al auto, puesto que, como dijo Aristóteles, ninguna sombra de debilidad debe surcar el gesto del hombre grave y magnánimo), y una vez en el auto, seguro y protegido, irse a casa.

La mujer lo condujo a través de un jardín agreste (donde pululaban los cardos y se fermentaban otras malas hierbas. Parecía tener aquella cuadra un halo de crucifixión. Si hubiera habido, sin embargo, rosas, dalias, caléndulas y otros perfumes, el transcurso de la acera a la casa habría sido incluso feliz, pero aquellos cardos, las hiedras reptantes, árboles muertos, sofocados por las higueras, el ricino, las ortigas, el zumaque, todo le hacía pensar en sapos enormes ocultándose en la tierra seca, entremezclados en las espinas, salamandras brillantes...), se detuvieron en la fachada rechinante de la casucha mientras la mujer abría tres cerraduras carcomidas por el fino manto del rocío. La casa consistía en una habitación enorme que a la vez era sala, dormitorio y cocina. Una cama desvencijada de pilares apolillados, un sofá de muerte, una mesa con dos sillas situada al pie de una ventana y una minúscula estufa de gas eran los únicos objetos que daban relieve al habitáculo. Comenzó a llover. Era una lluvia limpia y acerada, una percusión breve y multiplicada en el techo de zinc, un cosquilleo metálico encima de la cabeza, y debajo, y alrededor. Humberto se colocó en el centro de aquella celda de hambre (sencillamente no pudo evitar pensar que las alimañas del patio serían felices ahora que llovía, era la necesidad de ser feliz ahora que llovía sobre el mundo, húmedos y resbaladizos, y él debajo de la techumbre musical, seco y miserable), tratando de aparecer indiferente ante el oscuro proceso de la mujer desnudándose, retirando la envoltura paupérrima y dejando libres los rollos de carne mancillada, los senos desinflados y largos hasta el vientre, el sexo triste y colgante, como el de un animal, marcado y profundo allí, entre los muslos desprendidos y antiguos. Aunque hasta ese momento estuvo vacante esa parte de su raciocinio, Humberto comprendió que era irremediablemente tarde para ser un gran hombre, que siempre fue tarde para ser un gran hombre, grave y decidido, y que desde el momento en que la vieja prostituta lo miró próxima al llanto, triste y dolorida, había dejado de ser hasta hombre (no gran hombre, sino hombre), para convertirse en un chicuelo trastornado ante la cercanía del primer encuentro. Y ya era imposible reafirmarse, recordarse a sí mismo el sinfín de ocasiones, porque ya estaba completamente desnuda, y toda la periferia de su vejez podía leerse en los intrincados y dispares jeroglíficos inscritos en los folios de su piel adormilada. Humberto permaneció en su lugar. La mujer, desnuda, retiró la vajilla del único gabinete que se erguía por encima del lavadero. Retiró de las hornillas, desnuda, una cacerola aún caliente, y se quedó mirando a Humberto con avidez caníbal.

— Me perdonas, pero hay que comer primero.

En ese momento Humberto experimentó un alivio primordial, sintiendo que se alejaba, al menos un poco, el momento que había querido evitar siendo un gran hombre. Ya no cuando la mujer se detuvo desnuda frente a la mesita, enarbolando un plato de comida como un estandarte heráldico; ya no cuando oyó la voz que lo invitaba a que se sentara a la mesa, porque en ese instante brevísimo la deseó. La deseó como a ninguna otra, la deseó como desean las sabandijas campestres: con un oscuro instinto de enroscarse. La quiso poseer así, así la quiso, sin modificaciones, enfrascada en el cuerpo tergiversado por el trasluz lunar (porque ya había salido, ya no era una simple línea inútil coloreando los bordes de los viejos dormitorios y los aleros ennegrecidos de los comercios cerrados), sosteniendo en la mano la ofrenda humeante cuyo peso le hacía saltar de vez en cuando las coyunturas artríticas, sufriendo y esperando delante de la reverberación blanquecina que se colaba por la ventana. "Ven a comer", decía la voz con una condescendencia de olvido. La quiso ahora con un desprecio total, un asco sublime, indistinto del amor.

Se sentó a comer. (Todo estaba a oscuras, Humberto se había preguntado muchas veces en el centro de la habitación si no habría luz eléctrica en aquel antro de pobreza). La mujer le puso enfrente un plato cubierto por un forro entretejido de una maraña de piltrafas secas, flotando en un caldo viscoso. Luego coronó el manjar con tres apetitosas rebanadas de remolacha iguales a concéntricos pedazos de un corazón bovino, todo esto sin parar de decirle lo nutritivas que eran las quenopodiáceas y lo saludable la carne sin sal. Comieron retirando platos y cubiertos de entre las prendas íntimas de la mujer desparramadas desordenadamente sobre la mesa. Entonces la mujer se levantó y se tendió con cansancio sobre la cama. "Ahora, nene", dijo mientras se acomodaba para recibirlo. Humberto se desnudó desesperado y se deslizó en las cobijas. No lo sorprendió el hecho de que penetrara fácil en el salobre bulto, tan diferente de la apretadez y la dureza de las perras jóvenes, en donde era tan exquisito horadar. Habría saciado el hambre de tristeza de aquella triste mujer, y quizá habría saciado la suya si en ese instante (ínfimo como todos los instantes), no hubiera levantado la cabeza para ver la caverna desdentada de la boca, y sentido, en ese mismo instante, un sorpresivo halón en su miembro, originado en las sórdidas entrañas de la mujer. No pudo contener un suspiro doloroso.

— Maldita sea. Parece que tuvieras una ratonera ahí adentro.

— ¡Déjate de boberías, por Dios!— dijo ella, reacomodándose para darle gusto. Humberto volvió a gritar de dolor y cuando quiso apartarse no pudo hacerlo. El pánico se asentó en algún oscuro lugar cerca de la nuca sudorosa, pero no le dio paso. Apoyándose contra el pecho sin brillo de la mujer intentó sin éxito retirar el miembro, que insistía en yacer enterrado, requerido por una fuerza mucho más violenta que la de su dueño. La mujer, confusa y mansa ante la exasperación, atisbó a la unión y pudo ver cómo hasta la base del aparato, junto con el vello púbico, estaba siendo lentamente devorada por las fauces antiquísimas de su vientre. Humberto gemía de dolor; la mujer apoyó los pies en el tronco del joven con el propósito de arrancárselo por medio de una suave y lenta genuflexión, proyectando la fuerza hacia fuera. Apenas había comenzado a hacer presión cuando Humberto le propinó una seca bofetada, y la mujer sin protesta volvió a mirar los vientres unidos, absorta en la increíble succión (que no era succión, al menos así no lo sentía Humberto, que experimentaba más bien un empujón imprescindible, impelido hacia dentro por una necesaria contracción del volumen del aire circundante, una irrevocabilidad de su organismo a permanecer incrustado y devorado en aquella forma, sometido a un viento de sangre que lo llamaba, y al que era imposible desobedecer, porque nada ordenaba), que estaba a punto de despedazarle la carne. Humberto, más tranquilo que nunca, consideró que era lógico, y posiblemente mucho más eficaz, cortar el problema de raíz, conque que internó su mano derecha a través del resquicio elástico para así tratar de remover lo suyo desde adentro. La mano penetró hasta la muñeca, y ya no pudo sacarla. Quedó mancornado como una bestia cuando repitió la operación con la mano izquierda. La mujer no perdía de vista el proceso, y miraba a Humberto en calma, con un horror silencioso muy parecido a la resignación. Humberto percibió (y en el acto de percibir descubrió que lo había percibido hacía mucho tiempo), que el pánico estaba otra vez ahí, disponible a tomar forma en convulsiones histéricas y desconsuelo; sin embargo, se aferró nuevamente a la razón y sistematizó su escape. (Las manos habían desaparecido hasta los codos, presas de esa voluntad sin voluntad que pedía, y el pedido era la acción de otorgar).

A pesar de que el adentramiento había cesado, Humberto estaba cada vez más cerca del punto color acre, con el denso olor de la fecundidad revoloteando misteriosamente alrededor. Aprovechó aquel proceso secundario para intentar zafarse de una vez por todas del torbellino invisible que lo abrasaba, y ya que había mucho menos distancia entre la cadera y el pie que la que había tenido hace un momento, mientras caminaba en medio del jardín, la estupenda distancia que le permitía acelerar el auto por las callejas umbrosas al divisar la presa nocturna, inclinó su repentinamente pequeño cuerpo hacia atrás y apoyó sus repentinamente pequeños pies en ambos arranques justo debajo del caderamen frontal de la mujer. Presionó con sus repentinamente débiles rodillas para de este modo arrebatar su sexo y sus manos de la vorágine de necesidad que lo reclamaba. Ambos pies resbalaron al abismo, y el lento remedo de arenas movedizas recomenzó. Pasaron los codos y las rodillas. Tuvo otra vez certeza de la cercanía del pánico, cuando de la extensa región saltaron raudos incontables rizomas sanguíneos que se ramificaron con asombrosa minuciosidad sobre su menudo cuerpecillo, y un bálsamo blancuzco y espeso lo cubrió de pies a cabeza. Se encendían las luces del vecindario, se levantaba sobre el ambiente el olor del café, y el lento rumor de actividad aletargada venía acompañado del lejano roce de los utensilios de cocina. El último grito de Humberto coincidió con el desvanecimiento de la mujer, horrorizada ante el abultamiento gradual de su vientre. Una vez más racionalizó la situación, y respiró para que en esa forma se obstruyese en definitiva la succión (que no era succión, más bien la necesidad indeleble de no hacer otra cosa sino hundirse; el apuro, la burda entropía de su cuerpo hacia ese otro cuerpo, cálido y terrible), con el pecho extendido. Pero aun así el tierno bulto siguió su curso, y al comprender que su pecho resultaba menos ancho que uno sólo de los muslos de aquella mujer inerme, al entender de alguna forma lo que pasaría una vez entrara por completo en la cámara oblonga que acomodaba ya la mitad de su cuerpo, al ver cómo las raicillas sanguinolentas se habían solidificado para formar un tubo largo, flexible, húmedo, con el cansado azul del lapislázuli, que se erguía hundido a mitad de un vientre que desaparecía, estalló en un berrinche ansioso y desesperado, un lloriqueo brillante salpicado de un hipo entrecortado y violento, que maceraba con su timbre de vida el repique de la lluvia sobre la choza. Y llorando pudo ver (ahora quedaba boca arriba, oblicuo e inútil), las quietas salamandras como duras piedralipes, enquistadas todas en el techo de zinc, secas y protegidas (a veces luchaban y caían en goteras sordas y anaranjadas). Llorando hizo un último esfuerzo por detener el proceso, mordiendo con las encías desnudas el labio mayor... el menor. Luego interponiendo el mentón, trabándolo en el ducto entrambos. Y lloró con más fuerza cuando el mentón resbaló lúbrico en las tersas falanges carnosas, y quedó el eco resonando en las cuatro paredes aún después que pasaron la boca y los ojos y no se oyó nada más.

Historia de una visitación

Pero Clitemnestra pidió otro Bloody Mary y dijo que ella todavía no quería irse. Unánimes protestaron.

— Regresemos nosotros. Que Clitemnestra busque quien la lleve a su casa— dijo Pericles, el novio de Clitemnestra. — Qué irresistible combinación: encima de borracha, atrevida.

— El que me lleve a mi casa, gana— Clitemnestra amenazó. Ostensiblemente intimidado, Pericles masculló palabrejas ofensivas.

— Maldito yo por sacarte de noche para que bailes en pubs. Soy el artífice de mis propias humillaciones— postuló.

— Cálmate. No hagas una escena. Veamos si es capaz de apurar ese trago. Nos marcharemos cuando lo termine— Néstor, el intoxicado hermano de Pericles, intermitentemente aconsejó.

— Creo que voy a vomitar— anunció Proserpina, y vomitó sobre Heliogábalo. Heliogábalo se despertó.

— Está lloviendo y yo olvidé el paraguas— conjeturó.

— Además, yo no he dicho que este va a ser mi último trago, y tampoco crean que me lo voy a beber aprisa— advirtió Clitemnestra con decisión.

— Puta— aulló Pericles—. Párate, que nos vamos.

— Sí, puta— repitió Tais, que amaba a Pericles de soslayo.

— No te metas— Hermógenes, el marido de Tais, vociferó.

— Ahora mismo termino mi trago— intervino Clitemnestra con enfado y con un movimiento rápido de la mano sobre el rostro de Tais el Bloody Mary derramó. Se formó una garata, un salpafuera, un acabóse, una bullanga, un tintingó. Las separaron; las amonestaron; hicieron las paces con renuencia y todos en el automóvil se montaron.

En el camino Néstor propuso que antes de separarse anduvieran a casa de su madre a comer un bocado para bajar la nota que a fuerza de mucho Gin Tonic los seis habían agarrado. Todos aceptaron, si bien a Pericles no le entusiasmaba la idea de que la autora de sus días conociera a su prometida en ese deplorable estado. Llegaron. Doña Penélope vio de qué se trataba el asunto y puso a hervir unos pasteles de hoja que le había regalado aquella tarde su hermano Aristarco, luego de salir de la misa celebrada en honor de los fieles difuntos.

— Hay de plátano. Hay de yuca— observó doña Penélope, deseosa de satisfacer todos los gustos. Se sentaron a la mesa. En ese momento... ¡fuá! ¡Qué susto! Un apagón. Sobrecogidos por una ráfaga de nostalgia aplaudieron la llegada del quinqué con la gratitud que se depara a un convidado adusto. Una luz histérica iluminó el comedor y ahuyentó los escombros nocturnos. Las persianas colaban una leche tenue como la luz del cuarto menguante. Eran comensales buenos y pacientes, si bien consabidos tunantes. Sólo Clitemnestra compartir el banquete declinó. Como no quería saber de Pericles se había sentado en el sofá a engullir solitaria su ensalada de guisantes y su plato de arroz.

En medio del silencio, de pronto, un ruido. Como el que suscita un percusionista cuando quiere marcar el ritmo golpeando con una varita de 27 centímetros una superficie metálica. ¿De dónde proviene el sonido? Nadie sabe. Todos escrutan las tinieblas con inútiles miradas. Tin, tin, ten, tin, tin, tan, ton, tin, tun, tin, tin. Continúa. La situación se torna álgida. Hermógenes aprieta la mano de Tais. Tais la de Pericles. Néstor mira para todos lados intentando ubicar la procedencia de la pauta ubicua. Heliogábalo está embelesado y Proserpina no sabe qué esperar ante una circunstancia tan ambigua. Clitemnestra pone los ojos en Penélope y Penélope con espanto se santigua. Entonces, todos por concierto, descubren horrorizados el portento. Balanceada sobre las persianas que refrescan el comedor, una rata se pasea sin hidalguía y sin pudor. Su largo y anillado rabo pelado hace resonar el aluminio de la ventana, tin, tun, tin, tan, tan, tin, ton.

Camina la rata, blanca como una azucena, cruzando de un extremo del ventanal al otro. En medio de la oscuridad traspasada por la flébil luz del quinqué, como hipnotizados, como boquiabiertos, ninguno reacciona. ¿Era un roedor, o era otra cosa? Súbito el animal se detiene y desfachatadamente con sus ojos rojos los ojos ensangrentados de todos penetró... Los miró con atención. El tiempo se había roto. Entonces la rata salta, olímpica, desde la ventana hasta el sofá, donde Clitemnestra, sin pensarlo dos veces, se raja energéticamente a gritar. En el sofá estaba, ahora, el animal grosero. Se formó una garata, un salpafuera, un acabóse, una bullanga, un escarceo. La rata buscó el suelo. Para qué te cuento aquello.

Todo mundo brincó. Se armó un juidero. Querían atajar a la rata, capturar a la rata, arrinconar a la rata, matar a la rata. La rata en un canasta se metió. Se armaron con escobas, con sartenes, con destapadores, con bates de béisbol. Pericles lideraba, escoba en alto; con el escándalo la anciana madre de Penélope, Casiopea, madrugó.

—¿Qué carajo pasa?— preguntó.

— Que se nos ha colado una rata— Hermógenes ofreció. La abuela hinchó las narices y el aire enrarecido olfateó.

— Poco me lo hallo— propinó—, cuando hay tanto borracho junto en esta casa.

La vieja también se armó. Se acercaron a la canasta. La rata vaticinó la emboscada y a la velocidad del rayo buscó regresar a la sala... y lo logró. Tras ella ocho personas, ninguna pudo agarrarla. Intentaban no tropezarse entre ellos, pero esa utopía fracasó. La rata se encaramó en el sofá, de nuevo. Pericles le tiró de lleno, pero el swing de la escoba falló; se apuntó, no obstante, unos cuantos floreros. La rata los evadió.

Esta vez buscó guarecerse en la cocina. En medio de la persecución de boca cayó Proserpina y Tais, que venía detrás, le metió el tacón del zapato por donde menos convenía. Heliogábalo se excitó. Proserpina se vació en groserías mientras la rata, esquivando palos, avanzaba por las estanterías hasta que logró meterse detrás del refrigerador. "La rata quedó atrapada", pensaron. Hermógenes adelantó una moción:

— No vamos para ninguna parte así. Necesitamos organización.

— Cierto— dijo Clitemnestra por darle la razón a otro, que a Pericles no. Acordaron que Heliogábalo guardaría la entrada de la cocina junto a Casiopea. Con don Quinqué, Penélope alumbraría la escena. Hermógenes y Néstor moverían el refrigerador. Pericles y

Clitemnestra, en guardia, matarían la rata en cuanto saliera... Luces, cámara, ¡acción! Movieron el artefacto. La rata salió. No hubo tiempo para dar un sólo palo. La rata, blanca como una paloma, a todos burló y con malabares de circo fue a caer en el escurridor. Heliogábalo, reflejos acuciosos, empuñó el bate. El bate zumbó. Todo acabó en dislate pues la rata ya no estaba, había escapado; siete platos y seis vasos Heliogábalo por verla muerta rompió. Casiopea escupió un insulto. La rata entonces volvió a su escondite... pero ahora lo escaló y la vieron aparecer sobre sus cabezas, encima del refrigerador. En la oscuridad el quinqué operó lo suyo y la sombra de la rata se alzó. Con sus ojos enloquecidos, los ojos llorosos de todos auscultó.

Pericles zarandeó la escoba y le abanicó un azote. La rata de su atalaya cayó. Agredida, no chilló como suelen chillar las alimañas de tan reducido escote, sino que, rabiosa, bramó como cachalote, fanfarronería propia de bestias más feroces, menos escurridizas y de más porte, y con tal denuedo lo hizo que al más aguerrido de la banda espeluznó. Mohína, fue a parar de hocico al fregadero. Todos la daban por muerta mas, cuando se asomaron a verla, otra cosa la rata a entender les dio. Puesto que, de pronto recuperada, se precipitó del fregadero al suelo y a toda carrera sorteó una jungla de piernas hasta que a una covacha que había en la parte trasera de la cocina se metió. "Ya nos las puso fácil", Casiopea aventuró.

Fueron tras ella hasta pillarla delante de un costal de malangas que Penélope se había ganado en una rifa de los adventistas el mes pasado. Con lentitud cercaron la rata. La luz del quinqué la cegó. Hermógenes se enjugó un sudor helado. La rata, sobrecogida por la redada, dióse por muerta y sobre las malangas protestantes se orinó.

— Voy a tener que botarlas— Penélope aseguró— pues, ¿quién se come eso ahora?

— Yo— dijo Néstor, parcial con ese tubérculo, —eso se lava, se pela y se acabó.

Todos rieron. Fue una pausa breve y acto seguido sobre la rata se aglutinaron. ¡Pero la rata ya se había esfumado! Sacudieron las malangas y no la hallaron. Requisaron la covacha de arriba a abajo y por ninguna parte la sabandija vislumbraron. Regresaron perturbados a la cocina. ¿Cómo se había escapado? Culparon a Néstor por haberlos distraído, por payaso. Néstor los mandó al carajo. Entonces Clitemnestra sacudió su larga melena y comunicó:

—Pericles, no me toques. Tú y yo no nos hemos contentado.

— Yo no te he tocado— respondió Pericles, apareciendo ante Clitemnestra desde otro lado. Clitemnestra desorbitó los ojos y todos los músculos de su cuerpo voluntariamente congeló. La rata se había alojado en su cabello y agarrándose de las hebras hasta la coronilla subió. Desde allí la rata los contempló. Uno tras otro.

Con sus ojos afiebrados los ojos idiotizados de todos abrumó.

Proserpina no lo pensó dos veces ni lo consultó. Empuñando el sartén con ambas manos impetuosamente se abalanzó. A tiempo se salió la rata, pero Clitemnestra no. ¡Gooonng! "Perdón", musitó Proserpina. Clitemnestra se desmayó. El quinqué no se rompió pero la claridad que despedía se abotagó. Pericles no sabía que hacer conque tentó en la oscuridad, agarró a Proserpina por el cuello y la abofeteó. Proserpina se indignó al principio, pero después, sin saber por qué, como que le gustó. Descontrolado, Pericles la zarandeaba como un trapo y nadie por el momento la socorre. Se formó una garata, un salpafuera, un acabóse, una bullanga, un correcorre. Hermógenes y Néstor se lo quitaron de encima. Clitemnestra se incorporó. "¡La rata!", advirtió Tais, y ante la urgencia del alarido el hechizo se rompió.

Todos acudieron a la sala. La rata estaba a medio camino entre el comedor y el pasillo que daba a las recámaras. El suspenso los paralizó.

—¿Quién descansa en esta casa si esa rata en alguna de las recámaras se acata?— Casiopea inquirió.

—¿Quién saca de la recámara a la rata, quién se arrastra bajo cada cama, tasa todas las cajas y repasa cada lasca de la fachada barata?— Penélope agregó.

—¿Qué pasa si la rata en la recámara se embaraza?— Tais procuró. Todos coincidieron que si la rata entraba a cualquiera de las recámaras Casiopea y Penélope tendría que mudarse de casa. La inminencia del cataclismo los amotetó

— Tenemos que cerrar las puertas— Tais favoreció. Ante la provocación, Hermógenes se abrió paso y por encima de la rata heroicamente saltó. Cerró todas las puertas. La multitud aplaudió. La rata estaba atrapada entre Hermógenes y la congregación. La rodearon. Pero la rata los había ya captado de tal forma con su perversión que ninguno osaba dar el primer coscorrón.

La rata otra vez bramó. Todos recularon, menos Pericles, que nuevamente un sólido cantazo le arreció. La rata voló contra una pared, rebotó, cayó de espaldas, pero de inmediato se enderezó. Entonces todo mundo golpeó, pero a ciegas, atolondradamente, sin dirección ni guía. Y cuando abrieron de vuelta los ojos, la rata ido se había, silenciosamente se había trasladado hasta la cocina. Ningún impedimento recibió. La persiguieron con furia, babeantes, enardecidos, crispados.

— Ya está bueno de tanto julepe— carraspeó Penélope y, encolerizada, como una serpiente silbó.

— Si la cojo me la como asada— Heliogábalo borboteó.

— Viva la digiero yo— replicó Casiopea y eructó. Transformados y endiablados, a la caza de la rata se entregaron como furiosos sabuesos, pues, azuzados por consecutivas derrotas, cada nuevo fiasco los incitaba a entregarse con más pasión. Por tercera oportunidad la rata tomó ventaja de las hendijas y tras la nevera se fortificó. Y, como en la pasada ocasión, cual cabra montesa trepó hasta acaparar el climax. Cuando llegaron a la cocina los vengadores no la veían hasta que de pronto la rata por encima del aparato surgió. Todos, al ver aquello, comenzaron a temblar. Demacrada, Clitemnestra alzaba el quinqué por encima de su cabeza sangrante pretendiendo fustigar las sombras, pero en cambio las hacía danzar. Y a la sombra de la rata más. Albergaron la sospecha de que perseguían algo que no era realmente una rata, o que hostigaban una rata que venía de otro lugar. La rata no se movía. Por cuarta vez, con sus ojos enigmáticos los ojos atónitos de todos escudriñó.

Pericles dejó caer la escoba y tuvo una epifanía que no fue capaz de articular. Abrió la boca y con los ojos brotados se mandó a berrear. El terror. Algo había entrevisto y ahora el terror. Gritaba, se desgañitaba, se despepitaba, gargalizaba, babeaba, baladraba, clamaba, se desgargantaba, rugía, se desgalillaba, aullaba, moqueaba. Los demás olvidaron la rata y buscaban vanamente la manera de restaurarle a Pericles la aniquilada calma.

— Cállate, Pericles, tranquilízate— la madre suplicaba.

— Pericles, los vecinos, Pericles, carajo, por favor— la abuela imploraba. Pericles no reaccionaba. Pericles era el heraldo del terror. Pericles no cesaba. Los otros, cortejados también por el vértigo y la histeria, sumergidos en la oscuridad impaciente de la casa, lloraban porque Pericles había llegado a otro sitio, se entristecían porque Pericles estaba empantanado en el infierno, se lamentaban porque Pericles era el cliente de la desesperación, se rasgaban las vestiduras porque, salvo que los arrastrara en su perdición, Pericles no conocería ya la redención. Pericles no tenía salvación. Clitemnestra dio el primer golpe. Los demás siguieron su ejemplo, de entrada con precaución, a la postre con gran denuedo. La llama del quinqué se marchitó. En medio de la repentina espesura temible, el silencio prevaleció.

En ese momento la electricidad retornó. La luz estridente de los bulbos incendió la geometría de los objetos familiares y el misterio insólito de las sombras se disipó En la cocina, el neón estéril de las lámparas los evidenció en corro alrededor del cuerpo ensangrentado de Pericles. Alguien tocaba la puerta. El teléfono sonó. Un auto desconocido con colores giratorios, probablemente la policía, frente a la marquesina de la casa se aparcó. La rata, blanca como el feldespato, aprovechando la ira y la conflagración, había alcanzado el ventanal del comedor... Su pelado y anillado rabo se agitaba a la vez que la rata sosegadamente se retiraba obedeciendo a una orientación contraria a la que tomara cuando por primera vez apareció. Es decir, que por donde mismo vino, se fue. Tin, tun, tan, ten, tun, tin, ton.

Historia de tu padre

Aun tal Hugo se le acalambró el vientre una vez que subía las escaleras de la casa de su novia. Cuando estuvo frente a la puerta el calambre ya no era un simple dolor sino un tormento visceral que le arrancaba crudos sollozos. Tocó el timbre. Su novia le abrió la puerta pero no lo dejó pasar. Seductoramente apoyó la espalda en el marco del umbral y colocó el pie entacado en el lado opuesto para formar con su pierna izquierda una barricada deliciosa y enseñarle a Hugo lo corta que era la falda. Hugo la echó al suelo de un empujón, le caminó por encima y se metió al baño con inigualable urgencia. Se bajó los pantalones. Afuera, su novia se quejaba y lo maldecía. Hugo se sentó en el inodoro y gritó. Entonces su novia golpeó la puerta del baño y preguntó que qué pasaba. Hugo le dijo que se sentía mal, que lo dejara tranquilo. El dolor había pasado, pero en la taza del inodoro flotaba un blanco huevo de gallina. Lo primero que hizo Hugo al verlo fue pensar que se trataba de una broma de su novia, que ella había puesto ese huevo ahí de antemano. Pero él había pujado *algo* y en el inodoro no había otra cosa. Además el cascarón tenía sangre y caca por encima. Por eso lo segundo que hizo Hugo fue preguntarse si su novia no tendría en el botiquín algún utensilio o medicamento con el cual poder quitarse la vida. Iba a bajar la cadena con el huevo adentro, pero la mano se resistió, se lo impidió. Después de mucho intentarlo Hugo se dio por vencido; le sonrió al huevo con terneza. Lo sacó, lo lavó y se lo guardó en el bolsillo. Salió, se disculpó, etcétera.

Desde ese momento, un día sí y un día no, Hugo suele poner un doloroso huevo. Y no siempre de gallina. Pasado un mes creyó haberse acostumbrado a la tortura, hasta que el miércoles pasado un inmenso huevo de kiwi le rompió el culo. Hugo los guarda con mucho cuidado, en gavetas acojinadas. Hay huevos diminutos de colibrí, coloridos de faisán, cónicos de albatros, rugosos de arqueoptérix, facetados de plumíferos ignotos... Hace un par de días la regularidad del ciclo se interrumpió. Hugo no ha vuelto a poner huevos. En la máquina contestadora la voz de su novia le anuncia que ha decidido terminar con él. Ante sendas novedades,

Hugo no está seguro de cuál debería aliviarlo y cuál deprimirlo. Pero hoy entenderá que ninguna importa, porque cuando llegue a casa y suba a su habitación la hallará destrozada por la estampida. Sus pasos crujirán sobre restos de cascarones vacíos.

Historia esquemática y breve de la asombrosa vida que sobrellevan la abuela, la tía y dos primas de un amigo mío

Digo que esta historia es cierta no como lo dicen los autores imbéciles queriendo dar credibilidad a sus mentiras, sino tal y como se entiende: esta historia es verídica y corroborable. En adelante narraré esquemática y brevemente la asombrosa vida que sobrellevan la abuela, la tía y dos primas de un amigo mío. Si no me creen, ahí está mi amigo, pregúntenle a él.

La abuela, inicialmente, vive en una covacha que una de las primas confunde con un dulce hogar; por más señas, "su casa", la de la prima quiero decir, quien guarece y prodiga especializados cuidados a la anciana abuela. Una de las primas vive en la casa principal, la edificación grande en cuyo amplio traspatio levantaron los albañiles la covacha que ya dije. Sobre esta casa terrena esos mismos albañiles construyeron otra casa, pero ya no terrena; una segunda planta. Ahí vive la tía.

Pero nada de esto es importante. Tampoco interesa que la tía, víctima de la alopecia, diligentemente abastezca un verdadero museo de pelucas, entre las cuales privilegia una despeinada que usa de mañanita para hacernos creer que recién acaba de levantarse. Y mucho menos importa que una de las primas sea un hermafrodita que viste de madrugada un conjunto de *Kress* para laborar como recepcionista en una compañía manufacturera de shampoo, y por la tarde se pone una guayabera color verde menta con el objeto de fungir como vendedor de bolita en la plaza del mercado. ¿Qué relevancia pueden tener estas peripecias cuando tantas "mujeres" solas viven estorbándose por los vericuetos de un mismo linde? Menos la abuela, que calladamente devuelve sus minerales tendida en la oscuridad de un ángulo de la sala sobre una cama reclinable. Han instalado un paño corredizo alrededor del lecho para ocultar su lenta pulverización, pero lo importuno de su colocación a medio camino entre el sofá y una butaca invariablemente suscita en los visitadores la misma interrogante: "¿Y qué es eso?". A lo cual responde casi siempre una voz que parece el timbre del mosquitero entrometido: "Yo".

Repito que ésta es una narración de sucesos reales vividos por personas existentes, no un melodrama tipo *Los soles truncos,* obra en la cual también se les dispendia un rol protagónico a unas mujeres desquiciadas que hacen unas cosas y estas otras, hablando con muertos y soñando con hombres. Las mujeres de mi historia no sueñan con hombres ni les interesan mucho. ¿Cómo se va a parecer esta historia a *Los soles truncos,* si mis personajes sostienen diálogos como el siguiente?:

[Ruido en una gaveta. Insistente.]
Tía: ¿Qué es eso?
Prima: Mami, tú sabes, tenemos ratones.
Tía: ¡Ratones! Eso es embuste.
Prima: Te dije que pusieras las trampas de pegatina.
[Otra vez el ruido, más escandaloso.]
Tía: ¿Qué es eso?
Prima: Te dijimos que pusieras esas trampas.
Tía: No, porque "José" va y le pega el hocico y se forma un revolú que no para hasta la oficina del veterinario.
Prima: Pues ahí tienes, confórmate con los ratones.
Tía: Yo lo que quería poner era veneno.
Prima: ¡Carajo! ¿En qué quedamos? ¿Tú no ves que si pones veneno los gatos se lo comen y se mueren?
[Ruido en la gaveta.]
Tía: Ay, Virgen. ¿Qué es eso?

[Una de las primas abre la gaveta y busca entre las prendas de vestir.]

Prima: No era un ratón, mami, fue que dejaste el vibrador encendido y estaba brincando dentro de la gaveta.

Tía: Otra vez. Con razón se me agotan las pilas tan rápido.

En principio recelé que las parientas de amigo estaban locas allá por la Nochebuena de 1994. Él se estaba hospedando temporeramente con ellas y mi novia y yo habíamos ido a buscarlo para improvisar un ágape navideño. Nos aburrimos mucho, pero eso fue después. Cuando llegamos mi amigo nos abrió el portón de la terraza y nos abandonó en el rodapié mientras subía a terminar de arreglarse y de abotonarse la camisa. En ese momento las tinieblas preguntaron: "¿Cómo están?". Sólo cuando nos recuperamos del susto y respondimos a ciegas que "bien" estuvimos en condiciones de percibir la silueta negra de una mujer hecha un currunco en el interior de una hamaca de hicos aceitados, cuyo canvas rezumaba el inequívoco perfume melcochoso del orín de varias generaciones de micifuces. A continuación, una sombra cuadrúpeda, que hasta entonces habíamos confundido con el reposo de la oscuridad debajo de la hamaca, se irguió de improviso, y abriéndose paso entre nosotros se filtró por los barrotes del enrejado para enseguida dispersar su contorno en la vegetación del jardín. Estábamos paralizados, pero eso no nos impidió desearle a la buena señora una feliz Navidad y un próspero Año Nuevo. Ella pareció no oír. Distraídamente expresó: "Hoy es el cumpleaños de 'Huracán'. Tenemos que cantarle 'Happy Birthday'". "Huracán" era el nombre del Doberman que recién se había marchado sin decir adiós. Esto lo supe después. Los eventos de esa noche jamás se borrarán de mi memoria; desde entonces se me hace muy fácil concebir una idea precisa de lo tremendo. Años más tarde conocí que mi novia de aquella época (quien, de acuerdo con los apesadumbrados reportes de mis fieles compañeros, primero fue puta, luego artista plástica, después vendedora ambulante de destiladores de agua, por último mi *fiancée,* ahora lesbiana ruidosa y siempre chiflada consabida) tampoco la había podido olvidar. Sus razones, empero, diferían de las mías, puesto que en su recuerdo aquella había sido la más romántica de las veladas.

La mujer de la hamaca era la tía de mi amigo, según él mismo admitió a las tres de la madrugada del 25 de diciembre, coaccionado por la borrachera que le insuflaba el aburrimiento más que el alcohol. Digo que mi amigo vive en el extranjero y cuando regresa al país se aloja con estas mujeres que son su tía, su abuela y sus primas. Dije hace dos párrafos que había comenzado por recelar que estas señoras estuvieran locas, valiéndome del método inductivo. Para muestra, un botón, me dije. Es decir, que lo particular me sirvió para elaborar una generalización acaso errónea. El tiempo, no obstante, me dio la razón. He aquí lo que observé en visitas posteriores:

La casa está atravesada por más de mil gatos, número sólo superado por el de perros, que son más de mil. No recuerdo todos sus nombres, ni hay para qué. A la intención literaria que me mueve a escribir este relato le bastan los que nunca olvidé, por muy reducidos que sean: "Huracán", "Evil", "Lady", "Bourousse", "Titito" y "Sarah" son perros y perras. "Chulería", "Duende", "Maricón", "Gringo", "José", "Boby" y "Negrito", gatos y gatas. "Sarah" no es el nombre verdadero de la perra cuya historia quiero referir en estas páginas. El verdadero nombre no se me olvidó, sino que nunca lo supe. Pero como es el animal más viejo de la casa, y como es hembra, y como lo que de ella narraré concierne un milagro que tiene que ver con su edad y con su sexo, interesa llamarla siquiera provisionalmente "Sarah", para valemos del personaje bíblico. A "Maricón" lo llaman así por las razones que todos se imaginan. "Duende" recibe su nombre como homenaje a su capacidad de hacerse invisible a voluntad, de acuerdo con las declaraciones de la tía, que asegura haber atestiguado el portento. "Gringo" porque maúlla distinto de los demás, y las primas dicen que los otros gatos no lo entienden; también porque tiene el pelaje amarillo. Casi todos los perros tienen una porción del cuero incendiada por la sarna, y éste es el motivo, de acuerdo con las primas, que los gatos aducen para eludir a sus compañeros; es decir, que los gatos, las más de las veces, huyen del perro que los persigue con evidente y encarnizada mala intención aterrorizados ante la posibilidad del contagio. Ningún gato está castrado, ninguna gata esterilizada. "¿Para qué", pregunta la tía, "si son buenos y decentes?". Una prima confirma: "Yo nunca los he visto hacer nada malo". Lo que tampoco ven es que cada vez hay más animales a los que nunca ven hacer nada malo. Estos gatos pasan la mayor parte del tiempo en el interior de la casa terrena, congregándose predilectamente en la sala. Con frecuencia salen, pues no les está vedado asomarse a la terraza y aun a la calle. Pero estas libertades no les incumben y lo que tienen que hacer prefieren hacerlo adentro.

El mundo de los perros se circunscribe a los distritos de la terraza y el patio. Se les prohibe ir a la calle porque muerden sin pretexto meritorio ("Evil", por ejemplo, le masticó los testículos al vecino sexagenario que tuvo la osadía de ofrecerle al can un muslo de pollo). Y están proscritos del interior de la casa porque los gatos ya la tienen copada y no hay lugar en el suelo de losetas para depositar lo que hubieran depositado si se les hubiera permitido solazarse allí. La edad hace que algunos perros sean el blanco de una senilidad graciosa y a veces consternante. "Bourousse", uno de los perros más veteranos, por ejemplo, ha promocionado el *statement* existencialista más elocuente que haya podido imaginar un organismo vivo sobre la faz de la tierra en el transcurso de su historia: a partir de su decimoséptimo aniversario de vida adoptó la ceremonia de finiquitar sus laboriosas evacuaciones ladrándole coléricamente a sus propios mojones.

Ahora bien. Un incauto entra en la casa terrena. La costumbre, i.e., la estupidez descansada que nos inmuniza contra la sorpresa, guía su fe sonámbula de que se le recibirá en la sala, pensando, o mejor dicho, evaluando sus pensamientos acerca de otras cosas y de sí mismo encima del *impensamiento presupuesto* de que la sala es un refugio imaginario que responde a una disposición cultural de artefactos muebles, a un *arrangement* de la economía arquitectónica, pues lo confunde con una segregación del espacio domiciliario entendido desde y para el uso de los seres humanos que han habilitado ese espacio de acuerdo con unas normativas culturales y que han dispuesto esos artefactos muebles que sirven, según el caso, para descansar o depositar las masas del cuerpo, con referencia a esas mismas reglas, y, con los cuerpos en posición de descanso, entablar una socialización afable. Por supuesto, el incauto no cree nada de esto a priori, por lo menos no sabe que lo cree (fervorosamente) sino hasta que atestigua el espectáculo que le depara la sala de la casa terrena de la prima de mi amigo.

Hay un sofá, tres butacas, un otomán y una consola o *entertainment center* que acomoda componentes de música y un televisor. Estos objetos son el indicio de la habitación bípeda del *homo sapiens sapiens.* Pero este no comparece. Hay gatos. Gatos en el sofá, en las butacas, en el otomán, gatos sobre el televisor, gatos bajo la meseta central, desmayados hacia una materialización blanda y respiratoria de la siesta. Pero nada de esto es asombroso. Sucede que una vez encendí el televisor mientras mi amigo desayunaba y sacudí el necesario gato de una butaca cualquiera. Pretendía sentarme, y esa fue mi equivocación: entender la butaca desde una recalcitrante perspectiva antropocentrista. La tía me asió el brazo y me lanzó una mirada de furor. "¡Carajo! ¡Mira! ¡Lo despertaste!" gritó y fue tras el animal. Hay veces que los gatos no duermen y el televisor está encendido para nadie, quiero decir, para ellos. "Yo les pongo la novela", asevera no recuerdo quién. "No se la pierden", corrobora no me acuerdo cuál. Otra noche llamé por teléfono y pedí a mi amigo. Me contestó una prima. Dijo que mi amigo se estaba bañando y me preguntó si quería saludar a "Negrito". No tuve tiempo de responder (iba a decirle que no). Hubo un primer momento de silencio, el silencio de lo vacío, el hoyo que acaece cuando abandonamos o retiramos el auricular, el silencio cómodo y comprensible de la pausa. Pero momentos después se instaló otro silencio, un silencio demoníaco que enfermaba los conductos de la línea, el silencio venenoso que da fin a la pausa, el silencio atortugado que es la ceguera de los abismos marinos, el silencio que vocifera la materia ni muerta ni viva, el silencio vertiginosamente mínimo que es la página en blanco de la Creación, el silencio ansioso y enloquecedor que emite el silbido de un trozo de madera o una piedra cuando de ellos esperamos la palabra. Este silencio oí. Oí también, alejada del protagonismo seguro del gato en el teléfono, la voz de la prima, que susurraba con el tono imbécil que suscitan los objetos mudos en pago a la representación: "Negrito, di: 'Hola tío Pedro, hooolaaaa'. Vamos, Negrito: 'Hola, hooolaaaa, tíoooo'. ¿Qué pasa, Negrito?". El gato no dijo nada. La prima no se imaginaba qué podía estarle sucediendo a "Negrito".

Una tarde la tía llamó a unos contratistas para que le construyeran una verja impenetrable alrededor de la casa encima de la casa y estos le remitieron a cinco herreros que acudieron rápidamente con sus overoles y sus bombones de propano. Una de las perras, "Lady" había resbalado en el limo del techo y caído despedazada en el pavimento de la cochera. Una de las primas teorizó de modo que acabó por concluir que "Lady" se había suicidado, alegando que "hacía días que la notaba amotetada y no quería comer." A lo cual la otra prima ripostaba: "Son verdad, hasta no quiso el *Tres Mosqueteros* que le ofrecí anoche y tú sabes cómo era ella con ese *Tres Mosqueteros*". *Tres Mosqueteros o,* más bien, *Three Musketeers,* es una golosina estadounidense cubierta de chocolate y rellena de caramelo y *nougat*.

No es para perros. En fin. "Se acabó lo que se daba", dijo la tía, y determinó que los perros quedarían ende desterrados del piso alto, lo cual cancelaba la necesidad de construir el muro (pero no iba a ser yo quien le argumentara ese caso). Pronto entendí que la verja tenía otros propósitos. "Y se les acabó a ustedes también el guiso de sentarse en el alero a mirar hombres", recriminaba a sus hijas, las primas de mi amigo, que, efectivamente, se sentaban en el alero del techo, pero no a mirar hombres, sino a escupir, entusiasmadas con la anticipación de ver los proyectiles de saliva describir líneas rectas, acelerando y alargándose al caer.

Como la quería impenetrable, la tía advirtió a los contratistas que no le vinieran con cursilerías de hierro forjado, que se llevaran a esa gente que venía a soldar barras curvadas y que le mandaran gente que supiera ligar cemento y le construyera un muro que circunvalara la casa de arriba para proteger de la muerte a unos perros que, simultáneamente, quedaban proscritos de allí. Los contratistas dijeron que haberlo dicho antes, que un muro no era lo mismo que una baranda. La tía dijo que no se pusieran sabichositos con ella, que ella conocía a los de su calaña, que buscan estafar a las viejas que parece que no saben nada y de paso ver de acostarse con ellas. Los contratistas no replicaron y obedecieron; despacharon a los herreros y mandaron a buscar a los albañiles, quienes se arrogaron algunas libertades con el diseño, como la de erigir una especie de almena o minarete en cada una de las cuatro esquinas de la barrera. Allí se encaramaban ahora las primas a otear el horizonte. Para ese entonces los gatos "Maricón" y "Gringo" habían implementado el vicio de largarse a la calle por la mañana y no regresar hasta la madrugada del próximo día. La tía estaba muy consternada a causa de esa "jodedera con que les había cogido". Le pregunté si temía que se perdieran; me respondió que antes me perdía yo buscando mi casa, que ellos en pos de la suya. Le pregunté si barruntaba que en una de esas los mataría el tráfico. Me dijo que ellos sabían cruzar la calle. Le pregunté cuál era el problema entonces. Me respondió: "Tú sabes cómo están las cosas por ahí y más por la noche, que es la hora que le gusta a los sinvergüenzas y a los drogadictos. Un día de estos los asaltan o me los mata un tecato, sino es que son ellos los que andan en malos pasos, bregando con esas cosas... Deja que lleguen...". Conque todas las tardes la tía acostumbra subirse a una de las almenas y clamar a voz de cuello: "¡Gringo!, ¡Maricón! ¡Gringo!, ¡Maricón!, ¡Gringo!, ¡Maricón!", hasta que anochece y se da por vencida.

Los alaridos de la tía torturaban con singular énfasis al vecino de la casa de enfrente, Clifford Richard Brown, un norteamericano originario de Wisconsin, dueño de una ferretería localizada en la Jesús T. Piñero esquina con Valencia. Sucede que un día míster Brown se hartó de la pregonada difamación y disparó su revólver calibre .38 contra la tía de mi amigo. El proyectil entró por el pulmón derecho y se alojó en un músculo de la espalda; no es posible o conveniente extraerlo. La tía de mi amigo no murió pero, en las noches frías, la hostiga el dolor glacial del hierro. Mr. Brown cumple una condena de 45 años en la Penitenciaría del Oso Blanco, donde se amancebó con el líder carcelario Agustín Serrallés. La ferretería, junto con sus otros bienes, muebles, inmuebles y monetarios, fueron confiscados. La tía de mi amigo continúa, al sol de hoy, vociferando en el minarete todas las tardes. Los gatos nunca comparecen. Los rumores afirman que...

Otra ceremonia inviolable es la que observan las primas todas las mañanas a las once. A esa hora recorren el patio de la casa con sendas latas vacías etiquetadas "Habichuelas Coloradas Goya" o "Alpo" y van recogiendo en ellas la mierda que los perros siembran al ras de la hierba. Luego echan las latas en la basura y los vecinos se quejaron por las moscas que atraen y el mal olor de los excrementos amontonados. Un día fui a visitar a mi amigo a casa de estas mujeres. Me había llamado una hora antes para avisarme que la abuela estaba lúcida esa mañana y que me apresurara si queríamos aprovechar esa pausa de la chochera para hacerle preguntas acerca de la finca que tenía con su marido (el abuelo de mi amigo) en Santo Domingo. Llegué y la tía me hizo entrar a la covacha donde la abuela moría despacio. La tía me pidió que la ayudara a rodar la cama hasta el patio para que la anciana tomara un poco de fresco. Mi amigo se estaba cepillando los dientes y yo le pregunté a la tía si era verdad que la abuela estaba contenta hoy y articulando ideas con sentido. La tía me respondió:

— Mami lo que sí está es bien malhablada, y hay que estarla velando porque le ha dado con meterse los dedos donde no debe.

— ¿Se está metiendo los dedos en la boca?—, dije, por divertirme. La tía no lo entendió como una broma y replicó: "Ay, nene, a la verdad que tú eres bien pendejo". Mientras esto pasábamos la tía de mi amigo y yo, se formó un brete de ladridos, mayados, insultos y escobazos justo frente a nosotros. Destacaban las voces de las primas; mi amigo preguntaba desde el baño que qué pasaba. Lo que pasaba era que "Huracán" había enloquecido de amor por Sarah", una perra con 20 años humanos, es decir, 140 años perrunos. El perro se le encaramaba a la perra; la perra no soportaba el peso y se desplomaba. Tampoco tenía fuerzas para enfrentar al joven Doberman, que buscaba hundirle lo suyo por donde pudiera. La envejecida vulva de "Sarah", desconcertada ante tan inusitadas reclamaciones, descargaba ríos de orín. No había Dios que sujetara a "Huracán". De pronto, en medio de la algazara se alzó una voz diabólica. Era la abuela de mi amigo que se reía y chillaba y gritaba: "¡Huracán, esa perra no te quiere! ¡Olvídala y vámonos tú y yo a la República!", para, acto seguido hacerle unas invitaciones que no creo conveniente reproducir aquí. Semanas después Sarah murió dando a luz una bestia amorfa con alas de insecto que expiró a su vez a la postre de un largo y desgarrante mugido de becerro.

Esta historia es cierta y yo vi las cosas aquí narradas con mis propios ojos. Veo al lector idiota y al crítico literario disertar juntos acerca de este texto mientras juegan a ser felices entre quesos y vinos. Los oigo reflexionar y concluir: "Se trata de una metáfora", y no puedo evitar desmayarme y pensar cuán vano es el oficio del escritor. Hemos cavado nuestra propia tumba. El intelectual de élite dirá que nada de esto tiene ningún sentido ni es cuento digno de ponerse en un libro, pero yo no tenía intención de contar nada coherente, de significado trascendental o secreto, ni me inventé yo estas cosas, sino que las ofrezco aquí sin quitar ni añadir nada. Ahí está Alfonso Fraile y el amigo mío que pueden dar fe de mis intenciones.

Historia boba de una seducción tremenda

Un viajero se duerme en una planicie. Cuando despierta se halla en el interior de una señorial casona; una bella hacendada y su escolta lo agasajan. Es la señorita Amelia y sus primas, votadas las más hermosas del territorio. El viajero se siente complacido, pero le urge continuar su itinerario. Las mujeres lo entretienen para retenerlo, suplican, urden, lloran y hasta intentan sedarlo. El hombre no se deja engañar; Amelia entonces dice:

— Llevo algunas semanas tratando de ablandarte con solicitaciones y enamoramientos, pero sigues duro e intransigente. Bien. No pude hacerte caer en mi trampa y no logré retenerte por las buenas. Yo te necesito aquí, conmigo, dentro de mi casa. Pero como resistes y te quieres ir, voy a tener que usar la estrategia que estaba yo relegando. Te voy a comer.

En este punto Amelia y sus primas se transforman; sus rostros son los rostros puntiagudos de espléndidas culebras. Él se apresta a luchar. Ellas se mofan:

— No pudimos engañarte, pero, pregúntate: "¿Me engañan mis ojos?"

En ese momento los lujos de la mansión desaparecen; desaparece también Amelia con sus primas. El viajero se halla en una caverna fosforescente, húmeda y fofa. Muere antes de comprender que durante la noche ha sido engullido por una serpiente pitón que reposa para lentamente digerirlo.

Historia verosímil de la noche tropical

Bruno Soreno es un narrador alucinado y a veces le ocurren cosas que nos hacen pensar, a él y a mí, que a fin de cuentas no es más que un escritor realista. Soreno bebe para olvidar, pero yo no, porque borracho es cuando mejor, y más cosas, recuerdo. Este urdidor empinaba el codo una noche en su habitual cuchitril y no bien contrarrestaba sus recuerdos más tenaces, los últimos en rendirse, cuando experimentó una agitación túrgida del espíritu, una fatiga imbécil que se propagaba con un elemento sorpresa. Era el aburrimiento. Bruno Soreno se levantó de la silla que acomodaba su embriaguez y se puso a jugar billar con un albino ciego que vivía de las contribuciones que recaudaba en un anciano candungo de galletas de soda *Ro-*

vira a nombre de una comuna Pentecostal inexistente, y al que todo el mundo apostrofaba mencionando su primer apellido: Cordero.

Cordero le estaba proporcionando una azotaina a Bruno, que aún tenía todas las bolas sobre la mesa y se rascaba el culo con lenta fruición. A estas alturas de la competencia, el literato excusa su lamentable desempeño aduciendo que juega desquiciado por los efectos de la intoxicación alcohólica. Cordero no puede creer lo que ha escuchado, razón por la cual orienta el rostro hacia el lugar donde se han originado los sonidos para estregarle en la cara a Soreno la incredulidad y el glaucoma que le barnizan los ojos. El cálculo de oído, sin embargo, se le da muy mal a Cordero, casi tan mal como el cálculo de vista, y yerra por varios grados la localidad correcta. Bruno Soreno se pregunta por qué Cordero le ha dado la espalda para, a todas luces, inspeccionar con desafío y escepticismo un afiche comercial en el que una rubia explosiva con los pechos sudorosos ofrece al espectador una escarchada botella de cerveza.

Unas mujeres entran y rompen la concentración de Cordero. Son amigas suyas y comienzan a darle palique, que si esto, que si lo otro. Soreno está lejos de ser capaz de tomar ventaja de la situación. Cordero vence. Darle labia a las amigas de Cordero es a lo único que puede dedicarse por ahora. Cuatro-quince hasta ver qué pasa. Una de ellas es una señora de unos 50 años, Iris; la otra, una joven de 23, Jacoba. Ambas feas y ambas buscando un hombre que las someta a un bien merecido kengue. Soreno no puede darse el lujo de menospreciar la posible cópula por el mero hecho de que son físicamente inapetecibles. Por el contrario; genuflexo entonará un hosanna si una de aquellas dos gayorfias le abre las piernas esa noche. Cordero no ve un carajo anyway y si a Bruno le importa un bledo la monstruosidad de las féminas imagínense lo mucho que le ha de importar a Cordero.

La cosa va bien. Por suerte la vieja de 50, Iris, le fajó directamente a Cordero y Bruno, por defecto, cargó con la joven, con Jacoba, que le regala una sonrisa alambrada con braces rotos, pero copiosamente enguirnaldados por residuos de cheeseburguer y añejos esmegmas. Ellas andan en carro, lo cual viene a mejorar el negocio, toda vez que tomemos en consideración el hecho de que Bruno y Cordero están más a pie que... No se me ocurre nada que pueda estar más a pie que ellos en este momento. Risas y ponedera de manos. Iris le tenía agarradas las nalgas a Cordero y Cordero también a Iris, pero además una teta. Bruno se dejó besar por Jacoba y fue como pasarle la lengua a un cenicero. No había nada más que hablar. La señora, la de Cordero, Iris, ya saltó con que hay que irse de allí y coger para otro lugar, dar un paseo, un, dos, tres, todos juntos ya. Cordero y Bruno convienen, felices y cobijados por la seguridad de que esos números saldrán premiados ya mismo. El asunto, no obstante, es harto más complicado.

Caminan al aparcamiento. El vehículo de doña Iris es un Datsun del 75 y algo bulle adentro. Iris advierte entonces que antes de ir para ninguna parte es necesario dejar a los nenes en la casa. Bruno Soreno oyó la *conditio sine qua non* perfectamente, pero creyó no haber oído bien. Aquí empieza la historia.

Primero hay que acostar a los nenes porque mañana tienen colegio y etcétera. ¿Qué? Un varón de 7, Robert, y una hembrita de 10, Jessica, son la progenie de Jacoba. Una blanconaza de 17 años, Cristina Bazán, la muchachita de Iris. Los chamaquitos se apean del automóvil conminados por Iris y Jacoba mediante el uso de las siguientes alegrías:

— Bájesen un momentito, nenes, en lo que los amigos de mami se montan.

Robert, con un peluche de Barney en la mano, y Jessica, con una t-shirt de Sailor Moon y dándole fuete a una bolsita de platanutres de ajo, investigan a Bruno con temor. Éste los ignora, demudado ante la adulta hermosura de Cristina Bazán, su cuerpo apretadito debajo del uniforme verde y amarillo del Colegio Bautista de Carolina. Arroz. Qué sabrosa está Cristina Bazán, piensa Bruno Soreno. Cordero, encarcelado en su nublazón, no tiene nada en qué pensar mientras espera que alguien le diga ya estamos listos y lo guíe hasta su asiento. Pobre Cordero, piensa Bruno sin atreverse a conducirlo por el brazo. Mejor que lo haga Iris, dice para sus adentros, pero Iris está ocupada ayudando a Jacoba, quien trabajosamente tantea el pavimento con un bastón especializado. Soreno no entiende bien qué pasa y lo único que se le ocurre hacer para darle sentido a lo que está viendo es contribuir de alguna forma a matar la cucaracha que Iris y Jacoba ridículamente quieren exterminar con un palo. Ninguna cucaracha. Jacoba también es ciega, más ciega que Cordero. Los ojos de Jacoba no sirven para nada, no estuvieron conectados nunca al CPU, Jacoba no sabe qué carajo es ver.

— A ver cómo nos acomodamos— dice Iris. Soreno no comprende por qué no se dio cuenta antes. Ahora es demasiado tarde. Iris conduce y él está sentado junto a ella, seat-belt ajustado, air-bags my ass. En la parte trasera están Jacoba y sus niños de una parte, Cordero y Cristina Bazán de la otra. Están apretujados. Iris dice:

— Jessica, vente alante con Bruno. Jacoba, coge a Robert en la falda.

Pero Cristina Bazán detuvo la operación con esta cabronería:

— No. Está bien. Yo me pongo encima de Cordero.

— ¡Wepa!— exclamó Jacoba riéndose.

— ¡Cuidado, Cordero!— gritó Iris entre carcajadas.

— ¡Ay, mami!— se quejó Cristina Bazán.

Uff. Hermano, ¿qué es esto?, piensa Bruno, espérate un momento, ¿qué hago yo aquí metido? Iba a pensar más cosas, pero Iris lo interrumpe diciéndole:

— Nene, ¿tú estás bien? Porque yo estoy medio jendiíta.

Soreno captó de qué se trataba la insinuación y objetó terminantemente:

— Yo estoy mal, y además no tengo licencia.

— Ah, no, pues no. Mejor yo guío porque lo que yo quiero es que no me vaya a parar la jara.

¡La jara! ¡Oye eso bien, mi hermano, la jara! Me cago en su madre. ¿De qué jodido sarcófago se arrastró este fucking pescuezo? Cristina Bazán no había terminado de colocarse, a juzgar por el ajetreo de rodillazos que le trajinaban el respaldo al asiento de Bruno, cuya cabecera la chica tenía sujetada para mejor poder alzar la campana de la pelvis y depositar el montón de la grupa encima del ciego hijo de puta que no tenía la más mínima idea visual de lo que tenía sobre las piernas, pero que obtendría una figuración mucho más concreta en cuanto tuviera a la nena bien afincada en el regazo. Ya. Soreno olió la respiración bubblelicious de Cristina Bazán, su linda cabecita próxima a su oreja derecha, pegada a la cabecera del asiento. Iris encendió el motor.

Robert soltó a Barney y agarró un Transformer que había en el piso. Era un Decepticon... Un androide que posee la facultad de convertirse en un F-16, ¿OK? Bruno se voltea y ahí está Robert, haciendo volar al Transformer, suplementando con los labios, con la lengua y con la baba el ruido de la velocidad mach 3, de los tomahawks, de los rayos láser. El radio a todo volumen. Iris no se calla la boca. A Jessica se le acaban los platanutres. Bruno oye suspirar a Cristina Bazán con tono juguetón:

— Cordero, deja eso.

Maldita sea la madre de Cordero. El aliento de Cristina Bazán le quema el lóbulo de la oreja, se ríe con la boca cerrada, esa risa coqueta que las mujeres producen con la laringe. Acto continuo se reanuda el trajín de extremidades contra el respaldo de su asiento. Bruno Soreno gira hacia la izquierda y mira hacia atrás, posicionándose en el espacio que media entre su asiento y el de Iris. Ve a Jacoba con la mirada perdida del que tiene los ojos dañados. Ve a Robert enfrascado en su guerra fantástica. Ve a Jessica mirando para arriba a Cordero y a Cristina Bazán. Ve una confusión de muslos suaves, de tela a cuadros, de calzones de polyester. Mira otra vez hacia adelante.

En la radio un éxito de Sophy que Iris canta desafinadamente. Bruno siente un halón en el respaldo de su asiento. Cristina Bazán tiene la cabecera sujetada otra vez, con una sóla mano. Soreno se vuelve, esta vez por el lado derecho, y espía a través del espacio que media entre su asiento y la portezuela. Ve a Cristina Bazán subirse la falda con la mano libre, levantar un poco los muslos, buscar, hallar y sacarse los pantis al tiempo que se cerciora que su madre tiene la mente en otra cosa. Entonces tropieza con los ojos de Soreno, sonríe, le pasa los pantis, se pone el dedo índice en los labios y hace:

— Ssshhh...

Jacoba había empezado a cantar también. Iris le estaba sobando los muslos a Bruno y el respaldo del asiento se columpiaba ahora rítmicamente. Cristina Bazán se quejaba por lo bajo, mordiéndose el labio inferior vertía su placer la oreja derecha de Bruno. Este se volteó de nuevo, por la izquierda, pero no pudo ver nada porque en ese momento el Transformer de Robert disparó sus rayos láser y se le estrelló en la cara con efectos de sonido que remedaban una explosión cataclísmica. Soreno gritó de dolor.

— ¡Robert!— gritó Iris, y dirigiéndose a Soreno, — Nene, ¿qué te pasa a ti?

— Nada— dijo él, porque no se iba a poner a explicarle a Iris la razón por la cual el sinhueso no respondía a tan enfáticos masajes.

Llegaron a casa de Iris, a Villa Prades. Cristina Bazán se bajó. Bruno le dijo discretamente: "Toma". Ella declinó, protestando:

— Quédate con él.

A casa de Jacoba, pues, a Monacillos. Camilo Sesto en la radio. Nydia Caro. Basilio. José José. Ednita Nazario. Wilkins. Llegan. Se bajan del carro todos, porque Jacoba quiere que suban un minuto. Para alcanzar la escalera del edificio tienen que atravesar el punto. Les ofrecen pasto, chocolate, manteca, caspa del diablo, crack y un pendejo hasta les quería vender una rosa envuelta un conito de plástico.

— Para las damas— le dijo a Bruno.

— Mámame el bicho— contestó él.

— Cógelo suave— ripostó Jacoba inmediatamente antes de tropezar con un islote de cemento y caer de bruces sobre unos arbustos de Cruz de Malta. Iris y Soreno al rescate. Cordero avanzó también, pero en la dirección equivocada, y no paró hasta darle un chino al jabao que estaba vendiendo manteca. El tipo se viró de un salto, alerta, nervioso, como si un ciempiés le hubiera picado un chicho y cómo si hubiera estado esperando la picada.

— ¿Ké te paha a tí, kántoe kAbrón?— arengó en dialecto, combinando la pregunta con un empellón de palma extendida contra las clavículas que tiró a Cordero flat on his ass en el piso. Bruno soltó a Jacoba para impedir la desgracia que veía venir.

— ¡El hombre es ciego! ¡El hombre no ve un carajo, déjalo brodel, el hombre es ciego, pana!

— ¿Qué?— gritó el jabao un poco avergonzado y, elaborando inferencias a partir de la jinchera de Cordero, y para neutralizar un poco el bochorno que había dejado traslucir con el "¿Qué?", agregó:

— Llévate al fucking gringo ese pal carajo.

Cordero se incorporó ayudado por Bruno. Una vez en pie le susurró al compañero en la nariz, equivocándola por la oreja, lo que sigue:

— Bruno, después te tengo que contar algo.

Ah, porque el titán jura que en el carro todo el que iba era ciego. Qué clase de... El invidente pedofílico quiere ahora fanfarronear, me *tiene* que contar algo, dice, no hay de otra, la información viene y yo *tengo* que escucharla. Como al muy dandy le sucedieron las cosas sin poder ver las cosas que le sucedían, quiere utilizar a Bruno para que lo ocurrido sea cierto, sea real, sea verídico, para que lo ocurrido pueda ser visto por otro, exista en la cabeza de otro, tenga significado en la cabeza de Soreno, para que lo ocurrido no sea un sueño, adquiera historicidad, se haga visible, se libere de las sombras en que se originó.

Sorteando basura y latas de cerveza arriban al apartamento de Jacoba. El pasillo huele a orín, a mucho orín, a mucho hombre meando y meando y meando para siempre. En ese piso todos los apartamentos tienen las luces encendidas y se oye el estruendo de muchísimos televisores. También en el hogar de Jacoba hay uno. ¿Qué?, piensa Soreno, ¿un televisor en la casa de una ciega? Para los niños, claro, corrige, pero le sigue molestando esa presencia incongruente. Iris abraza a Cordero y le dice:

— And' al sirete, Coldero, pol poco y te dejan pa pajteles.

¡Oye a la vieja, maldita sea su madre! ¡Sirete! ¿Quién carajo dice *sirete* hoy día, hermano? Bruno empieza a preguntarse, también, si aquello va para alguna parte.

En efecto, va. Pero no en la dirección que imagina el escritor. Fue entonces cuando Bruno Soreno oyó que Iris le decía a Jacoba:

— Ay nena, qué calor. Yo me voy a quitar esta jodienda.

Y se la quitó. Soreno tardó bastante en procesar lo que había visualizado. Iris llevándose la mano al pelo, *Iris quitándose el pelo,* Iris pasándose la mano por el cráneo sudoroso, pobladito de ese ralo vello pubescente que les sobra a los enfermos que están bajo tratamiento quimioterapéutico. Too much. Soreno optó por lamentarse de no haber comprado cigarrillos antes de abandonar el negocio donde se habían iniciado sus aventuras. Iris no le dio tregua.

— Total, el tuyo me salió pato—, le dijo a Jacoba y, ¡puñeta!, por fin una palabra que entiendo, pato. Vamos a entender bien el juego de las corvejas, piensa Bruno, doña Iris se le tira encima a Cordero porque Cordero no puede verle esa calva patética, pero si el mulatito Soreno se anima... Pero no, este mulatito no se anima, así que vámonos con Cordero, y si Cordero no ve, ¿para qué me voy a cocinar la chola con esta alfombra tan caliente?

— Bueno, ¿vamos a ir o no vamos a ir?— dijo Bruno Soreno con impaciencia, ansioso de llegar a cualquier establecimiento donde pudiera darle un boost a una nota que a fuerza de relevantes estímulos sensoriales disminuía y disminuía. Jacoba estaba metiendo a sus hijos en la cama, a dormir, se acabó el guiso, mami viene horita. Oyó a Bruno Soreno y dijo en voz alta:

— Iris, mira, hay cerveza en la nevera, coge una y repártele a los muchachos.

No-te-e-qui-vo-ques, mamao, esta murciélaga sabe más que las niguas, ella sabe, sabe, hermano, sabe más que tú y que yo y que... Te leyó la mente. No, no. Oyó lo que dijiste, lo *oyó*. Eso fue lo que pasó. A beber.

A Cordero le acaece una erección fenomenal. Iris no se cambiaba por nadie y Cordero menos. Jacoba en la cocina. Unas buenas nalgas, entendámonos, gente. Jacoba se acerca a la sala con un sobre en la mano:

— Oye, Bruno, déjame aprovechar que tú estás aquí para que me leas qué es lo que dice esto.

¿Habrá aparecido el meollo del asunto, la razón que motiva los sucesos? ¿De esto se trata la vaina? ¿Era todo un scam para engatuzar y capturar a un vidente que le leyera la correspondencia a la ciega? Imposible, pues Jessica se la podía leer, ¿por qué no pedírselo a ella? Otra vez la telépata se adelantó:

— Se lo iba a dar a Jessica, pero como yo sospecho qué es lo que es, no quiero que ella lo vea.

Ok. ¿Y qué pasa con Iris? Bruno así lo expuso:

— Mejor dáselo a Iris, yo no veo de cerca y dejé los espejuelos.

Hubo un silencio incómodo. Bruno Soreno se dio cuenta de que había dicho algo que no debía. Pero, ¿qué? Será que... No, no exactamente. Iris sí sabe leer...

lo que pasa es que no puede. Óiganlo bien, no que no *sepa* leer, sino que *no puede*. "Me enteré de eso después, pana", explica Soreno pasado un tiempo. Ambos hallamos que el vocabulario computacional era el más apropiado para la conversación. "La quimo le jodió la partición del disco duro que se encarga del lenguaje escrito. La tipa es aléxica. Reconoce las letras y hasta las palabras, pero no sabe qué carajo quieren decir. El Pentium se le niega a procesar cualquier input que venga en ese formato". "Qué suerte" respondo, "tiene la mejor excusa para no leer lo que escribes". "Tu madre tiene más suerte, a que no sabes por qué", pero yo no digo nada más y él añade: "Of course, en ese momento pensé, diablo esta cabrona es analfabetra, putipuerca y analfabetra. Lo cabrón es que puede escribir y tó, pero no puede leer lo que escribe". "Como yo", le digo y sigo: "Noto que te me estás yendo Oliver Sacks con el cuento... Y se dice *analfabeta*, pendejo, no *analfabetra*". "Yo no dije *analfabetra*, mamao", riposta. Jacoba está delante de Bruno y le da la carta. El escritor intuye que los grafemas que está apunto de descifrar guardan atroces significados, pero al leerla exhala, pues si bien levemente patético, lo que dice la carta no llega a ser atroz. Una citación judicial. Jacoba tiene que acudir a los tribunales para resolver un pleito de manutención. El padre de sus hijos, el notorio presidiario Agustín Serrallés, comparecerá tal y tal día, escoltado por los guardias del penal. A Bruno lo sobresalta el hecho de que ser un reo no sea suficiente para eximir a alguien de sus obligaciones con la sociedad. Después de todo, ¿no lo han escindido, no lo han guardado, no lo han apartado de la misma sociedad que ahora le exige responsabilidad paterna? Jacoba lo saca de dudas: "Ese pendejo se cree que se va a salvar porque está tras las rejas. Los seiscientos cincuenta me los va a tener que seguir pasando aunque esté en el infierno". Cheverón. La carta era engañosa. En sí misma no era sino patética, pero puede aún suscitar lo atroz. En efecto. "Ay, nena, tú que pierdes el tiempo litigando para que te dé chavos. Yo por eso ya ni le pido".

Tembol. Aquí todavía puede suceder que yo llegue al conocimiento de algo que no quiero, no debo y no me conviene conocer, piensa Bruno, idiotizado. Pero es demasiado tarde. El escritor otra vez sugiere que se den prisa, que vayan a algún sitio nice a beber y a fumar. Iris lo interrumpe.

— Ay nene, no ajores tanto— dice, y volviéndose a Jacoba: "Mira, haz como yo. Deja a ese hombre en paz. Ten dignidad. Demuéstrale que tú no lo necesitas para un carajo". Ten dignidad. La cabeza de Soreno era la caverna donde se perpetuaba el eco de esas palabras. Nuestro héroe quiso cerciorarse de que estaba entendiendo todo como debía antes de consternarse.

— ¿Tú ex-marido no te pasa nada para Cristina Bazán?— preguntó.

— Ni para Cristina Bazán ni para la madre que lo parió— le dijo Iris a Bruno, y mirando a Jacoba sentenció: "Eso nos pasa por meternos con un primo hermano". Carcajadas. El semental Serallés era primo hermano de Jacoba y de Iris, padre de Cristina Bazán, de Jessica y de Robert. Todos hermanitos. Qué chulería. A Bruno Soreno le dan ganas de ir al baño.

— Tengo que usar el toilet— anuncia.

— Fondo a la derecha— dirige Jacoba. Cordero no ha estado muy atento a la conversación, ebrio sobre una butaca, pero cuando siente a Bruno pasarle por el lado le agarra la camisa (sacándosela del pantalón) y lo atrae hacia sí para decirle: "Oye, Iris está bien buena, ¿verdad? Antes ella estaba riquísima, mejor que ahora, ¡si esa cabrona bailaba en *Salsa sábado en la noche...!* ¿A que tu no sabías eso?".

— ¿A que tú no sabes que me sacaste la camisa? ¿Verdad que no? Adivina por qué. Suéltame mamatranca.

Mientras orina Soreno toma la decisión de irse o darse un pase. Habrá que ver si el jabao del punto le vende algo. De pronto se oye una gran conmoción, una mixta de puertas que se abren y de improperios que revientan. Al salir del baño Soreno ve a una mujer en silla de ruedas discutiendo a gritos con Jacoba. Reclinado en el umbral hay un hombre fumándose un cigarrillo, los brazos cruzados sobre el pecho. De mala forma invita Jacoba a la mujer discapacitada a largarse de su casa.

Bruno Soreno se acerca a la escena y descubre que la mujer de la silla de ruedas no tiene piernas. ¡Ah!, y que mueve rabiosa los muñones que le sobran un poco más abajo de la rodilla, como si quisiera incorporarse. Jacoba la zahiere con lo que sigue:

— Vete en yola de donde viniste, dominicana de mierda. Rezaré porque los tiburones te coman entera esta vez.

¡Weeeepaaaa! ¡Vamonos de aquí, hermano, fueron tiburones los que pusieron a esta mujer en esa sillita! No médicos, con el fin de salvarle la vida, y no Dios, en nombre de sus misteriosos propósitos, sino monstruos marinos. Una persona que emerge con vida de tal experience ha de ser temida, porque se transforma, ella misma, en la bestia que la confrontó. Y es por esto que, si bien Soreno está dispuesto a irse en el acto para no oír nada más, prefiere no pasarle por el lado a Olisberky que, obstaculizando la salida, vocifera:

— A mí tú no me digas "dominicana" porque yo sé lo que tú quieres decir con eso. Yo soy lo que soy, y lo acepto, ciega puta. Oye bien lo que te digo, déjame a ese hombre quieto ya y no jodas más con lo de la maldita pensión, ¿oíste? Búscate otro macho que te mantenga, carajo, que bastante tiene Agustín ocupándose de Dionelis para que vengas tú a achacarle esos dos tajalones que a saber si serán de él.

Iris tuvo que sujetar a Jacoba. Endemoniada por los ímpetus homicidas vomitaba: "¡Que te lo mantenga la bucha esa! ¡Que te lo mantenga la bucha esa!", refiriéndose, por supuesto, a Marilyn, el "hombre" del cigarrillo que miraba impávida desde el umbral, intercambiando opiniones con Cordero, que estaba con ella. Cerca de la silla pudo ver a un niño como de seis años que debía ser Dionelis. En este momento llega yet another hombretón, este sí un male, empuja a la del cigarrillo a un lado y se lleva a Dionelis en brazos diciéndole: "Vente, que ya mismo te llevas un cantazo, y tú eres inocente". Dionelis llora. Olisberky lo consuela.

— Vete con tío Yoyo, Dionelis, vete con tío Yoyo, que aquí hay demasiado rebú.

Soreno ya podía estar en paz. Pensó un pensamiento borracho: "La noche está exhausta. No le quedan más sorpresas. No me va a volver a coger de pendejo. Este es el último número de la banda. Ya me aprendí el juego de luces, no me impresiona. El disyóki no tiene más remedio que empezar a repetir discos. Apaga y vámonos. Esto se acabó".

Olisberky y Marilyn eran amantes, de facto, ¿y qué? Dionelis era de Agustín, no de Marilyn. Agustín había llamado a Olisberky y le había dado la queja de que Jacoba insistía en llevarlo a los tribunales. Olisberky se había puesto furiosa, porque si la corte obligaba a Agustín a dar para los de Jacoba, eso significaba que habría menos para Dionelis. Dionelis, Olisberky, Marilyn y tío Yoyo vivían todos felices y contentos en el apartamento de al lado. Soreno siente la tentación de entretenerse dilucidando la naturaleza de los sueldos que aparentemente reciben los encarcelados, suficiente para mantener múltiples familias, pero prefiere no perder el tiempo con pendejadas.

Soreno ya podía estar en paz, or so he thought. La noche del trópico es un inagotable manatial de efectos especiales. La historia se torna en este punto bastante difícil de transcribir.

— Cálmesen, cálmesen— aconseja Bruno.— Hablen, hablen.

— No te metas en lo que no te importa, maricón— grita Olisberky. Bruno repite confundido: "¿Maricón?", y le da la espalda para ir a buscarse otra cerveza en la nevera. Iris lleva ahora la voz cantante en lo de la improvisación de insultos. Marilyn ya le ha dicho dos o tres veces: "No juegues al *Pega Tres* porque te vas a pegar, no juegues al *Pega tres* porque te vas a pegar y bien pegá". Cordero se ríe y canta *Voy a perder la cabeza por tu amor* en falsete. Soreno abre la lata de cerveza, que le lanza sus espumarrajos a la cara. Cuando termina de limpiarse ve que Marilyn tiene a Iris en el suelo, neutralizada por una *suplex* perfecta. Jacoba hala por los moños a Olisberky y la tira al suelo, desde donde clama al Gran Poder de Dios y se la caga en la madre a su rival, más desesperada e inutilizada que una cucaracha boca arriba. Jacoba no se detiene ahí, sino que la patea, para luego alejarse, tantear hasta identificar la silla de ruedas, rodarla hasta el pasillo exterior, levantarla sobre la baranda y dejarla caer en el vacío que abisman siete pisos de apartamentos. Bruno Soreno huye a pedir auxilio. Detiene su carrera frente a la puerta abierta del apartamento de Olisberky para avisarle a tío Yoyo que pronto alguien moriría next door. En la estancia a oscuras el televisor está encendido. Mary Poppins enseña a sus pupilos aquella famosa tonada mágica: "Supercalifragilístico espialidoso, aunque al oír decirlo suene enredoso...". Sobre el sofá, tío Yoyo le está haciendo a Dionelis algo que no debería hacerle, o bien dejándose hacer por Dionelis algo que no debería dejarse hacer, y que seguramente no quiere hacerle Dionelis. Para Bruno Soreno hubiera sido mejor no haber presenciado esto, pero como nunca es tarde si la dicha es buena, decide que no lo vio, que ha entrado en un lugar donde la oscuridad es total, o mejor, que sus ojos no funcionan bien o no funcionan en absoluto, porque, si al fin y al cabo, ha sido incapaz de atinarle a una sola verdad en lo que va de la noche, si lo que le han mostrado sus ojos han sido meras cáscaras engañosas, ¿por qué iba a permitir que le revelaran ahora una certidumbre tan cruda?

No obstante, Bruno Soreno corre, corre, corre. A campo traviesa por el pinball de las urbanizaciones, la luna llena parece un carey de plata navegando en el pozomuro del cielo y el tak-tak de las fichas de dominó fregadas sobre las mesas de los liquors mantiene a raya al pestilente arcángel San Satanás, quien deplora los juegos basados en la simetría numérica. Los pasos del escritor se apagan sobre la torta de cemento de la ciudad chata, donde las casas no le llevan mucho en altura a los reductores de velocidad. Los pasos del escritor se apagan sobre las canchas baldías y el carey de plata no está más lejos de él que de Iris y tío Yoyo y Dionelis y Marilyn y Olisberky y Jacoba y Cordero. Truena la bayoya de un party cercano donde blanquitos y compis por igual malbailan el último hit de Elvis Crespo, ignorantes de que surca la despejada noche una silenciosa bandada de OVNIS con su carga de atroces extraterrestres y secretos designios. El cyclone fence canta su canción de music box destemplado cuando Soreno lo agrede para saltarlo. Los pasos del escritor se detienen sobre una marquesina de quarry tile. Ha llegado a su casa. Abre la puerta y a tientas avanza por el pasillo hasta su dormitorio. No ve la tanda de ropa sucia amontonada en el suelo, tropieza, cae. Algo se desliza de un anaquel y se rompe. Busca el interruptor de la luz y no lo halla. "Wuípiti, me lo cambiaron de sitio", dice tartamudo. No importa. Busca el teléfono y marca un número de larga distancia, el equivocado, por supuesto, porque no ve. Una voz le responde en urdu y Soreno cuelga. Lo intenta de nuevo, esta vez alumbrando los dígitos con el childproof lighter. El teléfono suena en mi casa, a miles de millas de distancia y cuatro horas en el pasado. Adormilado me incorporo, maldiciendo me levanto, intrigado descuelgo el aparato y me coloco el auricular en la boca y el micrófono en el oído, porque yo también estoy a oscuras. Digo "Aló" y entonces me doy cuenta, y cuando corrijo mi equivocación, oigo al narrador alucinado Bruno Soreno que me dice: "Perra, te tengo que contar algo".

Póstuma advertencia al lector
a modo de epílogo

(Nota preliminar: rehuyo y rehúso el uso de la muletilla/ estribillo/mantra que me obligaría a iniciar el título de este epílogo con la mojiganga que lee "Historia de... ", trillada por Cabiya hasta la náusea, para distanciarme clara y conscientemente de los cuentos que este libro comprende, de modo que resulte imposible, o al menos difícil, cualquier equiparación o confundimiento entre el autor de uno y de los otros, aparte de que encuentro su uso ¿necesario, descarrilador y engañoso. Sépase.)

Dice Cortázar en su *primer a Rayuela* que ésta "es muchos libros, pero sobre todo dos libros". Esto es, que puede leerse de dos maneras o de muchas. No siendo *Historias tremendas* de Cabiya la *Rayuela* de Cortázar, ni nada que se le compare o parezca, hay que sentenciar que es pocos (libros) (uno, y a duras penas) y sólo puede leerse de pocas (maneras), y lamento advertir (demasiado tarde, me temo, para los lectores desgraciados) que de las pocas que hay ninguna es de provecho. Haciendo de tripas corazones he considerado (no sin gran esfuerzo intelectual e imaginativo, dada la pobreza del texto) algunas y, aunque ninguna presta servicio o beneficio al lector, es (por un pelo) posible establecer cierta jerarquía en cuanto a su valor, no positivo si no negativo, (esto es: no cuál lectura es mejor que las demás, pues todas llevarán al desdichado lector a uno y el mismo callejón sin salida, sino cual no es tan radicalmente mala). Pero antes me resulta imprescindible hablar un poco del modo en que caí en la trampa de ser el escritor de este epílogo (obsérvese el modo en que este libro, desde su concepción, es una trampa, una horrible y cruel trampa ideada por un hombre enfermo) y de algunos pormenores de esta tomadura de pelo que me interesan y preocupan. Seré breve, ya que, como se verá más adelante, soy de la opinión de que no todo lo que ocurre merece ser contado, y lo que contaré a continuación es uno de esos casos, siendo pertinente para mí y sólo para mí. De modo que no haré sufrir al lector informándole lo que poco ha de importarle. Ocurrió así: Cabiya me entregó el libro (en gran desorden) pidiéndome que lo leyera y que, si podía, escribiera alguna cosa para incluirlo en el mismo a modo de salvavidas, halagándome con aseveraciones de la índole que sigue: "Cómo tú no lee nadie". Conociendo a Cabiya y su escritura, no prometí nada y pedí más: que se me concediera la libertad de escribir lo que fuera que el libro provocara a mi inteligencia, bueno o malo, sin condición o limitación alguna. Cabiya acató dicha exigencia, dándome carta blanca en el asunto. Alguna restricción o censura se me impuso luego con la que no estoy contento y, amparándome en la anterior y general licencia, me propongo comentarla. Después de haber leído, le pedí a Cabiya que incluyera mi texto en el comienzo del libro a modo de prólogo, con la secreta esperanza de poder disuadir a algún lector de que emprendiera la tortuosa empresa de leer este libro. Esto me fue vedado cuando Cabiya leyó el texto que leen ustedes ahora, quedando yo y mi texto relegados y ocultados por el autor en el fondo de su libro como si fuéramos una vergüenza, un trapo sucio o una abuela africana (conjeturo que estas líneas que lees, oh fabuloso lector, te llegan atenuadas por la edición, o mejor dicho, tijereteo del autor del libro). Pensando que alguna nota de alarma y prevención (apareciera donde apareciera) era mejor que dejar a los infelices consumidores de historias adentrarse en esta *olla podrida* sin aviso, acaté el dictamen y aprobé la inclusión de mi texto en la trasera parte del libro. Algún consuelo me queda en la posibilidad de que, apareciendo este epílogo al término del libro (y adquiriendo así su nombre, que yo no quería y que impone la convención) sirva de refresco a algún lector luego de completar su escabroso e inhóspito recorrido por la intemperie de sus páginas. Porque así lo sentí yo, y el lector debe saberlo. La lectura de este libro significó para mí aparejarme con el *gear* de beduino y andar cabizbajo por un desierto arduo y baldío, sin ser beduino, que si lo fuera no importa, puesto que no serlo me hizo más débil, susceptible y vulnerable a los acosos y tormentos de la sed, el sol, el hambre y el aburrimiento. Terribles y sobresaltadas fueron mis noches al pensar en los lectores que, como yo, sufrirían semejante maltrato, y poco alivio (aunque alguno) me proveyó el hecho de que al menos una débil nota de advertencia había podido yo aportar por la cocina dentro de la férrea dictadura que ejercía Cabiya en el universo de su libro.

Hablando de lectores, si este epílogo sirve, como ya mencioné, de alivio para alguno después de su travesía lineal por este libro, ese desdichado colma de compasión mi alma y es por eso que se lo envuelvo como un premio de consolación al perdedor, porque dicho lector no es otra cosa que un desgraciado, por escoger la forma más atroz y mortal de leer cualquier libro, pero especialmente *este libro*.

De modo que ya se intuye que hay lectores y lectores, y lecturas y lecturas, y que la más triste de todas y de todos es la lectura y el lector secuencial y ordenado que obedece a los dictámenes del "buen leer" convencional y, peor aún, a las directrices nunca confiables del autor, especialmente las que aparecen en su prólogo. Lector: sospecha de tu autor y de su prólogo como de cosa mala, como del peor enemigo, *siempre,* ya que, más o menos veladamente o con mayor o menor revelación te tima, te trufa y te engañifa, y siempre se burla de tí hasta desde su tumba, cómanlo allí gusanos hasta no dejar rastro de él ni de su epitafio. Un caso de los peores que demuestra la componenda anterior es el libro que el lector lee en este momento, que no pierde tiempo en comenzar a traquetear a su lector, sino que empieza la chanza en el mismo prólogo. Es desfachatado y tramposo el autor cuando en él afirma que "este prólogo no sirve para nada" y que "quien elija no malgastar su tiempo leyendo estos preliminares hace bien", y no por exceso de modestia sino por falta de ella, ya que se queda corto en la extensión necesaria del brinco al que invita al lector. Lo mismo haría el saltador de pértiga que, privado del ímpetu, el momentum y la energía potencial suficientes, no para romper ninguna marca, sino para realizar su salto salvando algo de dignidad al caer a tierra, desvía y tuerce su salto derribando la vara marcadora y atropellando a los jueces y a sus compañeros de equipo en su torcida y no planificada caída, se convierte al punto en objetivo de índices señaladores y carcajadas ensordecedoras provenientes de las gradas. Hubiera sido el autor más audaz y más honesto en hacer totalmente verdadera su máxima exhortando al lector a saltar u obviar en su lectura no sólo el prólogo sino el libro entero, remitiéndose a leer solamente este epílogo, cuya lectura es más que suficiente para comprender a cabalidad el libro y sus tristezas y muy economizadora de tiempo, malestar y, con suerte, dinero.

Porque el hecho de que un libro sea malo nunca ha sido pretexto para no comprarlo y menos para no leerlo. Por el contrario, las fantasiosidades y la liviandad siempre han sido carnada sabrosa para las pirañas lectoras, sobre todo si vienen disfrazadas de verdades perturbadoras. El caso de este libro es, sin embargo, distinto al de los que caen en la anterior categoría. Que son malos los cuentos de este libro (y lo son) no hubiera sido impedimento por sí sólo para que éste tuviera un destino feliz. La mayoría de los cuentos (si no todos) de su autor en general lo son, y esto no ha impedido que algunos de estos hayan tenido más o menos mediana o tibia acogida entre ciertos lectores, y que hayan hasta figurado en antologías de renombre internacional. La anemia de este libro reside en otros sitios, específicamente en éste: su absoluta carencia de interés, solaz o utilidad de ningún tipo, ya sea pedagógica, recreativa o literaria. Tampoco hace falta estatuir que este libro carece de los valores *nacionales* que hacen de nuestra literatura una expresión única, y que ponen el nombre de nuestro país en alto. Los cuentos de este libro *están* mal. Habrá que decirlo en lenguaje llano y accesible: las cosas que se cuentan en este libro sencillamente *no importan.* Contrario a las promesas que con golpes de pecho se nos hacen en el prólogo de este libro jurando que se nos premiará con "una plétora de aventuras descabelladas, persecuciones inconcebibles, personajes misteriosos, héroes consternantes, anécdotas macabras, bufonadas que no lo son en el fondo, pesadillas que parece que terminan cuando en realidad comienzan, voces ignotas, fuerzas terribles" y no sé que otras perplejidades y maravillas regaladoras de asombro e invitadoras a la ponderación, en estas historias imperan lo frívolo, lo truculento y el intento de impacto prensa amarilla, sin siquiera alcanzar dichosos resultados, y no hay en ellas sino historieta manoseada, estereotipos y lugar común. Donde se augura la ágil aventura ocurre el tedio de lo cotidiano; donde el personaje oscuro y seductor, el fantoche simplón y desprovisto de chispa; donde tienta lo macabro, asoma lo risible bordeando lo patético; donde ofrece al héroe sobrenatural y prodigioso se evidencia el elefante que teme a los ratones y en todos lados triunfa la monarquía de lo insípido, lo opaco y lo real sin mayores aspavientos.

Estas flaquezas insufribles no deben inculcar en el lector la duda de que todo lo que se cuenta en este libro es verdadero. Porque hechos verídicos y reales cuenta este libro, y afirmar lo contrario sería faltarle a la verdad. Éste precisamente es el problema. No debe pensarse ni sospecharse que esto sea una defensa, sino todo lo contrario. Cualquiera sabe que no todo lo verdadero es digno de contarse, o que, con tal que sea verdad, incidentes de poca monta merezcan ser escritos. Algún mequetrefe defensor (familiar o sobrecrecido sobornado del autor, seguramente) argumentará para hacerme guerra que no es el tema o argumento de un cuento o historia lo que importa sino el modo de contarlo. A ese inteligente le riposto que si las anécdotas relatadas en este libro son intrascendentes y de nulo interés, los tratamientos que de ellas hace el autor en él son peores, de modo que a estos textos no los salva el contenido y los condena la forma. La veracidad de las cosas que se cuentan en él es la veracidad del noticiario, de la comidilla de barberías y el bochinche que sigue a la salida de la iglesia, la veracidad de lo que todo el barrio sabe, del periódico de ayer. Más aún: si la escritura de estas historias provocó en su autor variadas (y poco creíbles) enfermedades (como nos cuenta en su prólogo para dárselas de ingenioso), su lectura provocará enfermedades peores en el alma de los lectores, enfermedades sin antídoto, como el tedio, el hastío y el arrepentimiento. De modo que hacía mejor su autor en no escribirlas (en esto asoma el prólogo un átomo de sinceridad incompleta aduciendo que "serían mejores si las escribiera otro", debiendo haber dicho que otro haría mejor, igual que él, en simplemente no escribirlas y dedicarse a otra cosa, mientras más alejada de la escritura mejor) y mejor cosa haría el lector si no las leyera. De *Historias tremendas* ha de decirse lo que de *La guaracha del Macho Camacho* dijo Iván Silén, que es el mejor ejemplo del libro que no debió haber sido creado. Y para devastar a aquel infeliz que anteriormente intentó la abogacía del indefendible autor enderazaré mi argumento con varios ejemplos que, no agotando el mar de fallas, herejías, contrahechuras y simples errores crasos que abacoran este libro, convencerán a cualquier testarudo de la veracidad de lo que afirmo. Dos razones me inhiben de esclarecer cuento a cuento el modo en que cada uno fracasa y defrauda, ambas guiadas por la simpatía (y la lástima) que el lector de este libro me inspiran: la primera, la confianza de que dicho lector será capaz de descubrir en cada cuento su falla por discernimiento propio; la segunda, no deprimir al lector-oveja demostrándole desnudamente cuán terriblemente perdió el tiempo en una compra desatinada. Bastará liquidar algunos cerdos para aniquilar el hato entero.

Empecemos con *Historia cursi del talco insecticida,* en donde el autor transcribe punto por punto la carta que Oghjtq (un pariente suyo y buen amigo mío, natural del planeta Utqmm, en la constelación del Cangrejo), envió a una revista popular, a la caza de una solución para sus problemas amorosos. La irresponsable acción de Cabiya no sólo divulga intimidades y vergüenzas atinentes a uno de su sangre, ridiculizando la sensibilidad y refinamiento de los protagonistas que él entiende como "cursis", sino que abiertamente *copia* unas páginas halladas al vuelo, valiéndose de lo que no solamente no cogitó él, sino que no cogitó nadie, porque sencillamente fue algo que le sucedió a Oghjtq y que lo tenía (y aún lo tiene) desasosegado. Cabiya es un infame por mercadear con el sufrimiento ajeno.

Pasemos al caso de *Historia del amor II,* cuya primera parte Cabiya escamotea para avivar la curiosidad de los lectores que se dejan manipular por esta índole de treta sucia. Esta historia es buen escenario para ver a nuestro autor anegarse en aguas que le llegan mucho más allá de la barbilla. No es falsa la historia pero sí deformante el modo en que la escribe, y esto no puede ser de otro modo dada la crasa ignorancia matemática del autor. Esto es de por sí censurable, pero en el caso de la historia es injusto y falsario, ya que deforma a los personajes que, siendo gentes de carne y hueso que existen y que conozco y aprecio, sufren de inmerecida, equivocada y ofensiva representación. No me venga el autor, como me vino, a cacarearme que lo que trataba de hacer en esa historia era proponer una serie de discusiones común a las *average couples* y luego transponer esa misma serie con un resumen abstracto de los axiomas y ecuaciones que forman tales discusiones, demostrando precisamente que son disparates lógicos y que, por ende, toda pelea amorosa carece de sentido. Pero todos sabemos que esto es otra perspicacia *a posteriori* del autor, que oculta malamente su ignorancia de la aritmética más simple, insultando y burlándose del lector, disparatando variables, signos y relaciones inexistentes en el campo de lo numérico y emparejando fatalmente ramas de lo cuantitativo, juntando lo geométrico con lo trigonométrico y lo proposicional con lo cardinal, apostando a que el lector, tan ignorante como él de las aludidas disciplinas, perdonará sus absurdos. Este afán del autor de escribir sobre lo que de ningún modo comprende se agrava por su mala selección de temas interesantes ya que a nadie le apetece leer confrontaciones en el ámbito del cálculo de tercer orden por ser insufriblemente aburridas e incomprensibles en su modo correcto, no se diga mal plagiadas mediante el uso del disparate y la torpe improvisación. De modo que la conversación que de entrada es poco merecedora de atención se torna insoportable en su corrupción.

Como todo buen psicópata con vetas de maníaco-depresivo, el infligidor de esta fechoría llamada *Historias tremendas* está convencido de que como él no hay otro, y que su mundillo de porra es magnífico, exclusivo, asombroso y perturbador. Es por ello que en *Historia de una romería, de las cantimploras secas y de la colina demasiado empinada* vemos a este truhán contador de cuentos sudar la gota gorda en su intento por enigmatizar la naturaleza de la bestia que devora a las monjas, como si las migajas descriptivas que sitúa al inicio del relato no fueran suficientes para que el lector más cretino sepa de qué animal se trata, casi casi como si creyera que elabora una adivinanza hermética cuya respuesta fuera "el caballo" versando: "Mamífero cuadrúpedo que relincha", o "Equino que corre en el hipódromo". Lo mismo hace en *Historia del guerrero que vino de otro lugar,* impartiendo al lenguaje la tensión de lo ignoto, como si los lectores nunca en la vida se hubieran cruzado con algo tan ordinario como un fasgonúrido elíptico, no de los que tienen el cefalotórax casi cilindrico, que esos sí son más raros y dignos de mención, sino de los que repliegan los pseudópodos excretores cuando se asustan y son kryphiocéfalos.

Vilipendio es el nombre del arte que cultiva Pedro Cabiya en *Historia esquemática y breve de la asombrosa vida que sobrellevan la abuela, la tía y dos primas de un amigo mío,* traicionando el expreso deseo de aquellas venerables ancianas y cabales mujeres de echarle tierra y acallar el episodio de "Evil" con el vecino; y ni hablar de la sangre fría con que devela el respetable secreto de la peluca mañanera de la tía. Así dedicara el resto de mis días a escrutar los abismos referenciales o metafóricos de todos los idiomas de la Tierra, jamás daría con la palabra que describiera adecuadamente la bajeza que acomete Cabiya, ávido explorador de los más sinuosos y fétidos alcantarillados de la ignominia, pues para granjearse la carcajada del títere y el aplauso del carifresco recurre sin que le tiemble el pulso a la bufa de ciudadanos envejecientes, mujeres de temple y fieles mascotas. ¿Y qué de *Historia de tu madre?* ¿No se cansa el lector idiota de asombrarse con ese relato absolutamente baladí? De las narraciones contenidas en este volumen *Historia de otro diálogo inútil* me saca de mis casillas más que ninguna, pues no sólo está mal escrita y resulta demasiado larga, sino que no fue así que pasaron las cosas, y a Cabiya sí le formularon cargos. Sobre *Historia verosímil de la noche tropical* me reservo el hacer pública mi opinión ya que, siendo yo mencionado, vejado y difamado en ella, estoy en proceso de consulta con mis abogados para decidir a qué tipo de acción legal habría que someter al autor, ya que en esta se daña y se perjudica gravemente mi reputación y buen nombre.

De modo que si algún lector perspicaz y afortunado ha llegado a estas páginas sin tocar el resto del libro o habiendo probado poco de él, échelo de sí como el ojo o la mano derecha que impiden la salvación divina, láncelo a distancia como quien se deshace de la camisa que se ha quitado un leproso y, si no tiene otro medio o remedio, léase mi *Breviario* que, no siendo mejor que estas *Historias tremendas* ni de mayor educación o inteligencia, sino acaso peor, porque los poetas no tenemos ni oficio ni beneficio, trata al menos de cosas más trascendentes y dignas de mención (siendo descaradamente falsas todas ellas, es decir, que yo las inventé, no las recogí de por ahí como el perpetrador de este volumen, este senescal de la equivocación), que esto es poco, pero es más. No lea este libro. Y si es cierto (Dios nos favorezca y ojalá sea una broma de mal gusto), que se avecina un segundo tomo, sálvese quien pueda. De ser posible léase cualquier otra cosa y duerma tranquilo sin perder sueño por miedo de haberse perdido de gran cosa por no leer en éste u otro libro algo que valga la pena. Excelente: queme su biblioteca, dedíquese a la apicultura o al *golf* y no lea nada, que en estos tiempos pestíferos más beneficioso es al espíritu y su tranquilidad no conocer el alfabeto y no leer en absoluto y punto y se acabó.

Bruno Soreno
Río Piedras, 1998

Otros títulos de Pedro Cabiya

Trance

En esta cruda y oscura novela de suspenso, las vidas de todos los personajes (hasta la de un miserable perro) han sido intervenidas y trastocadas artificialmente mediante una tecnología inescrutable, con el objeto de formar una trama que alterna la comicidad, la tragedia, el romance y la violencia, y cuyo objetivo el lector gradualmente descubre con horror. *Trance* combina magistralmente modernos géneros y tradiciones narrativas tales como la educación sentimental del artista, la mitología narco, la novela negra y la ciencia ficción, valiéndose de un tono irónico y desapegado que súbitamente impacta al lector con dramática gravedad. El resultado es a la vez un retrato hiperrealista y una exploración mística *à la* Lovecraft.

"Esta novela invita, al que se preste, a una lectura inédita en la literatura puertorriqueña. La lectura de un thriller formalmente perfecto, al modo de *Pulp Fiction*, al modo de *La invención de Morel*, al modo de una historia de amor narrada por David Lynch... amor torcido, porque en ella los personajes no deciden, ni siquiera su amor. Pedro Cabiya es el Stephen King latinoamericano, sólo que más inteligente."

Juan Carlos Quiñones

La cabeza y otros relatos

Daniel debe tomar una decisión monumental. Pero Marta, su secretaria, y Raquel, la enfermera de Gloria, su esposa convaleciente, estorban su propósito, nublando su juicio con sensuales requerimientos... Daniel ha escapar a las trampas de la carne si quiere conservar su matrimonio... o bien entregarse a ellas con mayor denuedo. *La cabeza* es una *novella* de intrigas amorosas más allá de lo humano como lo conocemos. Dosis saludables de anfetaminas, softcore, hardcore y cyberporn, en el contexto de un relato en la mejor tradición del género de horror científico.

"Cabiya urde, mediante un formidable encuentro entre el relato erótico y el de ciencia ficción, una trama tan sórdida como irresistible en torno al deseo sexual y sus imprevistas coartadas en estos tiempos ciber-melancólicos del cuerpo virtual. Desenfadado, imperturbable, armado de la exquisita crueldad que caracteriza su prosa tersa y puntual, esta novela corta demuestra una vez más que estamos ante uno de los narradores más originales y capaces del Caribe."

Rubén Ríos Ávila

Historias atroces

Los descendientes de un caballo pérfido son perseguidos a través de la historia por los descendientes de su primera víctima, hasta obtener la añorada venganza. Un meteorólogo norteamericano se enamora de una bella campesina y descubre con horror por qué su amada no puede corresponderle... sino hasta después. Una pareja de amantes debe abandonar su controversial relación, reinterpretando la historia de Mowgli y proveyendo un nuevo final a los cuentos de *El libro de la selva*. Seres atascados en una realidad transicional deliberan hasta comprender que el Universo que conocemos es un error cometido por el megalómano líder de un régimen totalitario. *Historias atroces* es una exploración más profunda de los temas preferidos de Pedro Cabiya, y su primera incursión en la narración de largo aliento. Complemento de *Historias tremendas,* en este volumen se continuan y desarrollan los arcos narrativos más interesantes del primer libro.

"Historias atroces propone una renovación significativa de los modos de narrar en nuestro país."

Juan Gelpí

"Pedro Cabiya es un mito, un rey Midas. Todo lo que toca lo convierte en literatura."

Marcos Pérez Ramírez

Malas hierbas

Un zombi caribeño con grados científicos, galante y adinerado, se obsesiona con hallar la fórmula que le permita fatigar este mundo como un ser viviente. Su "resurrección" llega fortuita y fugazmente de la mano de tres mujeres que lo inician en los senderos impredecibles de la pasión. La candidez de la trama, empero, revela giros estremecedores y un final de pesadilla. Pedro Cabiya ejecuta una combinatoria precisa del género negro y la ciencia ficción al estilo latinoamericano, esto es, una ficción especulativa no exenta de humor, afanes sociológicos e incursiones en la materia religiosa, para afianzar su nombradía como uno de los más osados y singulares narradores del continente.

"La trama oscila entre una ciudad que a todas luces es Santo Domingo, un pueblo haitiano de la zona fronteriza y otra urbe que se puede identificar con el Viejo San Juan. El proyecto novelístico de Cabiya comulga con el de otros importantes autores caribeños de su generación, como es el caso de Edwidge Danticat (Port-au-Prince, 1969) y Junot Díaz (Santo Domingo, 1968)."

Néstor Rodríguez

Las extrañas y terribles aventuras del Ánima Sola, Vol. I

Las almas del Purgatorio consiguen salir de ese lugar al cabo de un período en el que se "purifican" de sus pecados. Muchas de esas almas emergen antes de tiempo gracias a la intercesión de los vivos, quienes rezan para que sean liberadas. El Ánima Sola es un alma de la que nadie se acuerda y a la que, por ende, el tiempo de purgación se le prolongará durante toda la eternidad menos un día... Pero Fuerzas Ignotas han decidido dejar que el Ánima Sola se ocupe de su propia redención, permitiéndole volver al mundo para ayudar a los buenos y castigar a los malvados en el lugar donde murió: Santurce. Estas son sus aventuras.

"El Ánima Sola nos introduce, con tremenda animación, en historias de contornos míticos, salseros y fantásticos, en el que el género de la novela gráfica se da un baño de rompesaragüey y se refresca con lo mejor del *pulp fiction.*"

Pedro Antonio Valdez

Estimado lector,

Atendiendo a tus preferencias de lectura, comodidad de ojo y estilo de vida, todos los libros de la Biblioteca Pedro Cabiya existen también en versión eBook (ePUB y PDF), tapa dura y edición de bolsillo.

Visita www.pedrocabiya.com y completa tu colección de Zemí Book.

Devuelve el poder al autor.

Bendiciones,

El Zemí Mayor

Made in the USA
Lexington, KY
15 July 2015